Le chemin de Sarasvati

Claire Ubac

Le chemin de Sarasvati

Médium
l'école des loisirs
11, rue de Sèvres, Paris 6ᵉ

Du même auteur à *l'école des loisirs*

Collection MÉDIUM

Le fruit du dragon
Ne sois pas timide

An die Musik

Namasté *à Mandakini Narin et Vijay Singh*
Merci à Flo Comment pour sa relecture des pages musicales

I

ET BRAHMA CRÉA LA FILLE

Chapitre 1

Yamapuram, État du Tamil Nadu, Inde du Sud.

C'est l'un des premiers jours de ma vie ; je n'ai pas
encore de nom. Ma mère me donne le sein dans la cour,
à l'ombre du manguier. Ses bras se crispent autour de moi.
Ma tante vient de sortir de la maison ; elle fouille la cour
des yeux, les paupières plissées sous le soleil cru du printemps.

Ma mère implore en pensée la déesse du Foyer :
«Durga, ne la laisse pas s'approcher!»

Mais la grande femme sèche se dirige déjà vers nous.
Sans se donner la peine de s'accroupir, elle crie à sa belle-
sœur :

– Femme de Meyyan !

Ces mots sonnent avec dédain. Ma tante, exprès, n'appelle jamais ma mère «petite sœur», comme c'est l'usage.

– Femme de Meyyan, qu'est-ce que tu es en train de
faire ?

Elle siffle entre ses dents :

– Tu sais pourtant qu'il faut la laisser mourir de faim,
cette merde que tu nous as pondue !

Ainsi dressée et frémissante, elle a tout du cobra qui attaque. Dayita, ma mère, ne bouge pas plus qu'une proie hypnotisée. Vingt fois par jour, l'épouse du frère aîné la pousse ainsi à se débarrasser de moi, sa fille. Vingt fois par jour, elle distille son venin.

Ma mère se garde bien de répliquer. Elle reste immobile. Mais elle n'est hypnotisée qu'en apparence. Elle me lave. Elle me nourrit. Plus encore. Dès que la maîtresse de la maison est hors de vue, ma mère masse mon petit corps à l'huile de coco sur ses jambes allongées. Elle me chante des berceuses de sa voix d'or. La méchanceté, si haineuse soit-elle, n'a pas le pouvoir de tuer.

Crache, crache ton venin, tante cobra. Répète tes médisances à qui veut les entendre, à propos de Dayita, ma mère :

— Voyez-vous ça, cette fille du Nord à la peau claire, trop jolie et trop éduquée pour nous. Ah mais, quant à sa dot, nous n'en avons pas vu la couleur ! Si vous voulez mon avis, sa famille a dû être bien contente de trouver un idiot comme Meyyan pour l'en débarrasser.

Ma tante ne décolère pas. Elle n'aurait jamais cru que le jeune frère de son mari puisse trouver une femme. En tant que fils cadet, sans situation, aucune famille de notre village ne lui aurait accordé sa fille.

Quand ma mère est tombée enceinte, ma tante n'a plus rien dit. Si j'étais née garçon, elle aurait été obligée de se réjouir, ou au moins de faire semblant. Ma naissance a été une bonne nouvelle pour elle. Le bébé est une fille, du sexe maudit. Ainsi, son propre fils, le dodu Selvin, n'est pas concurrencé.

Il n'y a pas de fête, pour une fille. Tante cobra n'a pas accroché de feuilles de manguier en guirlandes au-dessus de la porte. Elle n'a pas préparé de festin à distribuer à tous. Et surtout, elle n'a pas eu à subir les félicitations des invités, les chants et les danses en l'honneur d'un fils. Un autre fils que le sien.

Au lieu de cela, elle peut se lamenter avec délice auprès des voisines :

– Avoir une fille, quelle misère ! Qui voudrait engraisser une volaille et, quand elle est à point, la donner au voisin qui vous la mange sous le nez ?

Les voisines renchérissent :

– Une fille est une charge, une fille coûte cher en dot au moment de son mariage. Et encore, bien heureux si on trouve à la marier !

– Enfin, du moins, soupirent-elles à ma tante, vous-même avez reçu la bénédiction d'une descendance mâle…

En entendant évoquer Selvin, ma tante ramène d'un geste vif un pan de son sari sur sa tête pour éloigner le mauvais œil. Il n'y a pas plus superstitieux qu'elle. Elle marmonne, un ton plus bas :

– Oui, loué soit le dieu Shiva, nous avons notre Selvin !

Les voisines se dispersent. En passant près de ma mère, qui balaie ou qui lave, tante cobra me lance un regard meurtrier, à moi, la « chose sans nom », enroulée dans un châle de coton près de sa mère. À présent que sa jeune belle-sœur est en situation d'infériorité, il faudra bien qu'elle sacrifie sa progéniture, et au plus vite. Avant le retour de mon père, qui ignore qu'il en est un.

Chapitre 2

Je ne suis pas le premier bébé fille menacé de mort au village de Yamapuram. D'autres mères avant Dayita ont eu à subir des pressions de la famille pour faire disparaître leur enfant. Bien sûr, personne ne parle de meurtre, ici.

Non, il s'agit seulement de mères maladroites et d'accidents. C'est souvent la même histoire quand une fille naît, ici au village, surtout dans une famille sans garçons. D'abord des pleurs, des gémissements, toute une mise en scène du malheur. Ensuite, la grand-mère, la tante, la sœur, la voisine, ou les quatre à la fois, viennent chuchoter à l'oreille de la mère en larmes. Celle-ci a beau résister, on lui fait honte, on lui dit de se taire et d'obéir, elle, une bonne à rien qui déshonore la famille.

Quelques jours plus tard, c'est l'accident. La mère met du jus de tabac dans le biberon au lieu de lait, ou bien elle laisse le bébé au soleil. Toujours la mère. Quand c'est la mère la responsable, qui parle de meurtre ? Ce n'est même pas un péché, dit-on. Ainsi, plus de fille, plus de honte. La mère n'a qu'à espérer une prochaine grossesse, où un bébé mâle, enfin, lui rendra sa dignité.

Voilà pourquoi, tant que je n'ai pas encore de nom, aucune voisine ne parierait une poignée de lentilles sur mon avenir. Encore quelques jours avant que je m'étouffe dans mon châle de coton. À moins que je tombe du dos de Dayita par un malheureux hasard.

Mais ma mère ne laisse aucune place au hasard. Elle emporte son petit fardeau partout, pour couper du bois, pour se laver au bassin des femmes, et même pour faire ses besoins, tellement elle a peur qu'il m'arrive malheur si elle me quitte des yeux. Heureusement, elle a un allié dans la famille : mon grand-père, le père de Meyyan. Il est doux et bon. Il prend soin de moi, du moins dès que ma tante est hors de la maison. Quand elle est là, il n'ose pas. Il a peur d'elle. Il voudrait protester quand ma tante prive ma mère de nourriture afin de tarir son lait. Mais il sait trop bien ce qu'elle lui répondrait :

— Dites donc, père, vous êtes bien content qu'on vous nourrisse, vous aussi, alors mêlez-vous de vos affaires. Par Shiva ! Avec tout l'argent qu'on dépense pour vous autres, les bouches à nourrir, mon cher mari pourrait se payer une moto. Il n'aurait plus à marcher une heure avant d'atteindre l'arrêt de bus qui mène en ville. Nous pourrions offrir à Selvin le vélo dont il rêve.

Thamayan, le fils aîné de mon grand-père, ne lève pas le petit doigt pour faire taire sa femme et lui apprendre le respect dû à son père. Depuis qu'il est marié, il a pris quinze kilos, ce qui n'a pas vivifié son tempérament. Il est heureux de vivre sous la coupe de ma tante. Il n'a à prendre aucune décision, sinon celle de savoir s'il ira d'abord au temple et ensuite à l'épicerie acheter du tabac à chiquer, ou le contraire.

Grand-père n'a pas soufflé mot; mais il prélève à chaque repas la moitié de son propre riz, façonné en boulettes. Il cache celles-ci dans un pli de son *lunghi*, son pagne de coton, et il les glisse en douce à ma mère.

Chapitre 3

La «chose sans nom» que je suis survit ainsi pendant cinq semaines. C'est le père qui doit murmurer son nom à l'oreille de son enfant. Et Meyyan ne revient toujours pas de la ville, où il cherche du travail.

Ce matin-là, comme chaque matin, les jérémiades de mon cousin Selvin sortent ma mère du doux rêve où elle et mon père étaient réunis. Le fils de la maison a beau avoir cinq ans passés, il pleurniche toujours en se réveillant, au lieu de gazouiller. Il attend qu'on le nourrisse, comme ces oisillons devenus gros et gras qui ne se décident pas à voler de leurs propres ailes. Tante cobra l'élève ainsi. Elle ne le laisse pas faire un pas tout seul. Elle le bourre de gâteaux dès qu'il pousse un grognement.

Ma mère se lève malgré sa fatigue. Une fois debout, elle est prise de vertige. Elle doit rester immobile le temps que le sol cesse de tanguer sous ses pieds. Ses nuits sont courtes. Elle ne dort que d'un œil; dès que je remue, elle me donne le sein. Ainsi je n'ai pas le temps de pleurer et d'attirer sur nous la colère de tante cobra.

Ma mère roule la natte qui lui sert de lit. Après une rapide toilette, elle prend une bouse pétrie et séchée sur la pile de celles que nous récupérons de nos buffles. Elle allume le feu, pose sur le fourneau la bouilloire de fer-blanc.

Elle tend un biberon rempli de lait à Selvin, qui l'attrape avidement. Assurée de quelques minutes de répit, Dayita se dirige vers le coin de la *puja*.

Là, dans une niche creusée dans le mur de terre, se tiennent les dieux de l'autel familial. Durga, la déesse du Foyer, Shiva, que ma tante invoque le plus volontiers, Ganapati, l'enfant dieu à tête d'éléphant…

La préférée de ma mère est Sarasvati, la déesse des Arts. Ma mère dépose à ses pieds la plus jolie des fleurs cueillies au jardin.

À l'école de chant, autrefois, elle la priait avec ses amies. Ces dernières lui ont offert sa statuette quand ma mère est partie vivre dans la famille de Meyyan.

— Ainsi, chaque fois que tu feras la *puja*, tu penseras à nous !

«Oh oui, je pense à vous, mes chères amies, songe ma mère en s'inclinant devant la déesse, les mains jointes sur le front. Mais aujourd'hui, vous me paraissez si loin ! Est-ce que je vous reverrai un jour ?…»

Les larmes lui montent aux yeux. Quelle mine feraient ses amies en la voyant, elle autrefois si gracieuse et coquette, le corps décharné dans ce sari défraîchi, la peau terne, les cheveux rêches !

Elles enviaient Dayita d'avoir rencontré Meyyan. Leur amie deviendrait une femme mariée, elle dont l'origine… mais chut, ceci, personne ne devait le savoir. Elles avaient tout de même froncé le nez en apprenant que la famille de Meyyan habitait la campagne.

— Ma chérie, tu vas devoir t'incliner souvent aux pieds

de ta belle-mère ! Heureusement que tu es la plus souple d'entre nous !

Ma mère entend encore leurs rires cristallins. Elles étaient si rieuses, tout était prétexte à plaisanterie.

– En contrepartie, a ajouté l'une d'elles, tu seras la reine du village. Ces bouseux n'en reviendront pas d'avoir une si belle demoiselle chez eux ! Et instruite, avec ça ! Tout le monde sait qu'à la campagne les femmes n'ont pas le temps d'aller à l'école. Si ta belle-mère est quelqu'un de bien, elle crèvera de fierté que son fils t'ait ramenée à la maison.

Ma grand-mère était quelqu'un de bien, en effet. Elle faisait partie du conseil des cinq sages du village, où il est rare de compter une femme. Seulement, à leur arrivée à Yamapuram, mes parents apprirent qu'elle était morte depuis déjà un mois.

La femme de Thamayan dirigeait la maison. En découvrant ma mère, elle fit une horrible grimace.

Chapitre 4

À regret, ma mère se détourne du visage souriant de Sarasvati. Le sifflement de tante cobra vient de s'échapper du fond de son lit, le seul lit en bois de la maison :

— La galette de riz n'est pas encore prête ? À quoi est-ce que tu sers, femme de Meyyan ?

— J'y vais, sœur aînée.

Mais l'autre continue :

— Femme de Meyyan et qui sait, femme de personne. S'il n'a pas de travail, il n'ose pas revenir ici. Et s'il en a un, il s'est sûrement trouvé une petite femme en ville.

Ma mère s'accroupit et mesure la farine dans l'écuelle d'argile. Sa main tremble, oui, mais de fatigue. Les calomnies à propos de mon père ne l'atteignent pas. Un sourire involontaire se dessine même sur ses lèvres. Que sa belle-sœur est stupide de penser la convaincre ainsi de supprimer son bébé !

Oui, tante cobra est stupide ; et nous n'allons pas nous en plaindre, ma mère et moi. Cette tare nous débarrasse de sa présence chaque fois que ma tante se rend chez la voyante astrologue du village ; c'est-à-dire pour un oui ou pour un non.

Ce matin-là, tante cobra veut savoir quels jours seront les plus propices à la récolte de ses deux arpents de blé. Elle s'éloigne dans un tourbillon de sari vert criard.

– Bientôt, elle demandera l'assentiment des astres avant de péter! marmonne grand-père.

Il s'est réjoui de la voir disparaître, traînant Selvin derrière elle. Mon oncle Thamayan fait semblant de ne pas entendre. Il avale son thé au lait, rajuste son *lunghi* autour de sa taille et sort à son tour.

Grand-père veille sur mon sommeil. Ma mère se rend au puits du village, ses deux jarres empilées sur la tête. À son retour, elle prend le temps de tracer à la poudre de riz, sur le sol de la cour, un dessin géométrique. Ainsi, les démons se tiendront loin du seuil.

Elle me dépose, nourrie et lavée, sur les genoux de grand-père, qui a droit à l'un de mes tout premiers sourires. Il embrasse mes menottes :

– J'avais toujours rêvé d'une petite déesse comme toi, moi qui n'ai eu que des fils!

Ma mère emporte la vaisselle dehors, la nettoie avec la cendre mêlée de sable de la rivière, pour ne pas gaspiller son eau. Elle jette des regards furtifs vers l'entrée de la cour.

Quand elle relève la tête, son cœur bondit dans sa poitrine. Quelqu'un se dirige vers la maison. Mais ce n'est pas la silhouette vert perroquet tant redoutée. Il s'agit d'un homme attendu et espéré, aux beaux yeux graves, aux larges épaules, à la démarche reconnaissable entre toutes :

– Meyyan!

Quand tante cobra arrive à son tour, elle reste en arrêt devant le groupe que nous formons. Grand-père et mes parents sont penchés sur moi. En guise de salut à son beau-frère, ma tante demande, incrédule :

— Tu n'es pas déçu ?

Sans me quitter des yeux, Meyyan répond :

— Je suis heureux, sœur aînée. Ma fille est une bénédiction des dieux. Même si je dois faire les plus durs travaux, elle ne manquera de rien. Elle portera des bracelets de cheville, des fleurs dans les cheveux et elle ira à l'école.

Mon père a commencé d'un ton modeste, ainsi qu'il convient pour parler à la femme de son frère aîné. Soudain, ses yeux se plantent dans ceux de ma tante. Son visage prend une expression implacable. Sa voix se fait nette et tranchante :

— Écoutez bien ce que je vais vous dire, femme de Thamayan. Je vais devoir repartir travailler et laisser ma fille ici, sous votre protection. S'il manque un cheveu de sa tête quand je reviendrai, par la colère de Shiva, je vous étrangle de mes propres mains.

Au tour de tante cobra d'être hypnotisée. Elle n'a jamais vu Meyyan faire preuve de cette autorité. En cet instant, mon père est si flamboyant qu'elle le croit réellement investi par Shiva. Elle bredouille un «Qu'il en soit fait selon votre volonté, frère» et file vers la maison sans demander son reste.

Meyyan m'enlève des bras de grand-père. Je ne proteste pas. Je le dévisage avec gravité.

Un peu plus tard, au temple du village, le prêtre casse sur le bord de l'autel la noix de coco apportée par mon père. Il dépose les offrandes de fleurs, de riz et de fruits devant la statue de Durga. Mon père fait le tour de l'autel avec moi. Il joint dans les siennes mes mains minuscules, qu'il porte à son front. Le prêtre lui offre la coupe de vermillon. Meyyan en met un point sur son front et un sur le mien.

Il me murmure à l'oreille :

— Isaï sera ton nom.

Chapitre 5

Tout cela, bien sûr, je l'ai imaginé à partir de ce que maman m'a raconté. Comment une fille de dix ans pourrait-elle se souvenir de ce qu'elle était à quelques semaines? Pourtant, il me suffit de fermer les yeux pour redevenir un tout petit bébé. Alors je sens autour de moi le rempart protecteur de mon père. Une odeur d'épices monte de sa poitrine broussailleuse. Des bras forts et tendres entourent mon corps. Une voix grave résonne, un souffle réchauffe mon oreille. Cette sensation est si forte que rien ni personne ne pourra jamais me l'enlever.

– Alors, tu avances, ma fille?

La femme derrière moi dans la queue me houspille sans dureté. Elle fait partie de celles qui plaignent ma mère, quand la plupart des villageoises regardent de haut «l'étrangère». Elle fait aussi partie de celles qui envoient leurs filles à l'école et je n'aime pas le regard apitoyé qu'elle pose sur moi, sur ma jarre trop grande. Elle croit que je ne l'entends pas, tandis que je remonte le seau du puits, murmurer à sa voisine:

– Il paraît que sa mère est en train de mourir…

Et l'autre, qui soupire:

– Oui. Thamayan a averti le prêtre, je les ai entendus

au temple. Elle n'a pourtant pas épargné sa peine, Dayita. Pauvre hirondelle du désert échouée chez nous…

Tandis que je m'éloigne avec ma jarre pleine, marchant avec précaution sur le sol mouillé, j'entends encore :

— Aïe, Durga Daya, Durga compatissante, protège cette petite, elle va en avoir besoin !

Je poursuis mon chemin à petits pas. Je ne veux pas penser. Surtout pas. Je sens avec une joie sauvage la brûlure du sol à travers la corne, sous mes pieds. La sueur me chatouille la peau, sans que je puisse l'essuyer. La saison sèche a démarré fort en ce mois de mars. Quelques gouttes échappées de ma jarre s'écrasent par terre avec un bruit mat. Merci, petites gouttes, de venir m'aider ! Je fredonne sous leur dictée : *tchap, ti ke taï dhiné dhiné tchap, tchap, ti ke taï dhiné dhiné tchap.* Ainsi, le trajet vers la maison semble moins long.

Quand j'arrive, grand-père somnole sur son fauteuil de rotin, immobilisé avec son pied bandé. Il y a quelques jours, il s'est foulé la cheville. C'est le voisin qui mène les buffles en pâture.

J'installe la jarre dans la cuisine. Je remplis un gobelet pour maman. Depuis quelques jours, je me sers d'une cuillère pour l'abreuver. Elle ne peut pas soulever la tête pour boire, encore moins s'appuyer sur un coude. Un sifflement sort de sa poitrine. C'est là que le mal est installé. Un génie mauvais aspire sa vie jour après jour. Grand-père a dit à oncle Thamayan : « Tu devrais l'emmener au village voisin, au centre de santé. » Mais tante cobra en a décidé autrement : « Qui dit consultation dit médicaments. On ne va pas dépenser de l'argent pour cette bouche à nourrir laissée par Meyyan ! »

Maman me jette un regard intense. Elle a quelque chose à me dire. Je m'allonge à côté d'elle, mon oreille contre son visage.

— Mon trésor, me souffle-t-elle. N'oublie pas ce que je t'ai appris. Je t'ai donné une vraie famille. Cela vaut mieux que d'être la demi-fille d'un prince, comme je l'étais… peu importe. Sois obéissante, tiens bon jusqu'au retour de ton père.

Un silence entre deux sifflements. Maman ajoute :

— Meyyan va revenir, j'en suis sûre ! Il t'enverra à l'école ; j'ai souhaité le meilleur destin pour toi…

Les sifflements s'éteignent. Je me décolle doucement. Maman a les yeux fermés. Sa bouche est restée entrouverte. Est-elle… ? Je lance un appel muet à grand-père. Il secoue la tête. Les larmes coulent sur ses joues ridées. Il m'ouvre grand les bras. Je me réfugie contre la poitrine au duvet blanc. Je prie de toutes mes forces :

— Durga, je t'en supplie, fais que maman soit vivante !

Chapitre 6

Tante cobra n'attend pas que le corps de sa belle-sœur soit refroidi. Elle se penche sur elle en quête de son bracelet d'or, seul bien qu'elle possédât. Chacun sait qu'un bijou est difficile à enlever une fois que la raideur a saisi le cadavre. Elle écarte la lampe à huile allumée à la tête de ma mère, soulève le sari usé qui lui sert de drap... et se redresse, aussi vive qu'un serpent en alerte :

— Fille de Meyyan, petite merde !

Je la regarde, les yeux écarquillés d'horreur.

— Rends-moi tout de suite le bracelet d'or, sale petite voleuse !

Elle me fonce dessus. J'ai juste le temps de lever les bras pour me protéger des coups, des pincements et des griffures qui pleuvent sur mon corps.

— Arrête, ma fille ! Sur Shiva, ce n'est pas elle qui l'a pris !

Tante cobra lance un coup d'œil soupçonneux à grand-père.

— C'est vous qui l'avez, père ?

Le vieil homme secoue la tête et agite la main avec énergie.

— Il y a plusieurs jours que Dayita ne porte plus son bracelet d'or.

– Qu'est-ce que vous me chantez là, vous devenez gâteux !

Grand-père se gratte la tête, l'air de se rappeler :

– C'était le lendemain du jour où je me suis foulé la cheville ! Je somnolais, mais je suis sûr d'avoir vu une femme pénétrer dans la maison…

Pressé de questions, il décrit à tante cobra une inconnue, veuve sans doute car elle portait un sari blanc. Il n'a pas vu son visage. Elle est venue un matin avant l'aube. Et, le même jour, il a remarqué que le poignet de sa belle-fille était nu.

Ma tante porte en hâte les poings à ses tempes en faisant craquer ses jointures, ce qui conjure les mauvais esprits. Si une personne peut croire à une histoire à dormir debout, seulement parce que l'un des protagonistes a l'allure d'un fantôme, c'est bien elle. Grand-père l'appelle derrière son dos «l'incurable superstitieuse». Elle sort en hâte cueillir des feuilles de frangipanier. Elle revient tourner autour du corps de maman en marmonnant des formules pour éloigner les démons. Après quoi, elle file chez son amie la voyante.

En revenant, elle annonce le verdict à oncle Thamayan. Les feuilles de thé au fond de la tasse ont parlé, et voici ce qu'elles ont dit : le jour le plus favorable pour brûler le corps de Dayita sera jeudi prochain. Grand-père et moi sommes bien surpris d'entendre mon oncle contredire sa femme d'une voix posée. Il n'est pas question de garder le corps si longtemps dans la maison, avec la chaleur et les mouches. Thamayan a déjà fait préparer les funérailles pour demain ; un service réduit au strict minimum, un service de pauvre, là-dessus il est d'accord avec tante cobra.

Mon cousin Selvin, si bavard d'habitude, ne fait aucun commentaire. Il n'est pas venu non plus me tracasser en rentrant de l'école, se tenant le plus loin possible de la natte où repose maman. Chaque geste qu'il fait est raidi par la peur... Je remarque ainsi chaque petite chose et pourtant tout m'est indifférent. Une seule pensée m'occupe : que l'âme de maman puisse s'élever en paix.

Quand tout le monde est endormi, je me lève sans bruit. Ma peau est moite comme si j'avais la fièvre. Pourtant, je ne me suis jamais sentie aussi calme. Je me glisse dans le jardin des voisins. J'y cueille une feuille de tulasi, l'arbuste sacré de Vichnou. Dayita était vichnouiste. Tante cobra, elle, préfère invoquer Shiva.

Au moment où je me redresse, une chouette effraie s'envole juste au-dessus de moi. L'air bruisse, soyeux, sur ses plumes, son ventre blanc, ses ailes déployées. Je regagne la maison avec un sentiment de réconfort.

De retour, je glisse la feuille de tulasi dans la bouche de maman. Les mains jointes sur le front, je prie Vichnou de la protéger dans l'au-delà. Je récite les chants dédiés aux dieux qu'elle m'a appris elle-même, jusqu'au moment où le sommeil m'emporte.

Je me réveille avant l'aube. Pendant que tout le monde dort encore, je me penche sur ma mère et l'embrasse une dernière fois. J'effleure ses pieds respectueusement, avant de sortir accomplir mes tâches. Ma décision est prise.

Ce soir, quand les hommes viendront prendre le corps, je me cacherai dans la haie d'épines qui borde le chemin vers la rivière. En tant que fille, mon rôle serait de rester à la maison et de me purifier. Mais je suis décidée à accompagner maman dans son passage vers l'au-delà. Même si tante cobra doit me tuer en rentrant.

Chapitre 7

La cour de la maison est en deuil, sans l'ornement du *kolam* que nous dessinions chaque matin, maman et moi.

Dayita est étendue sur le brancard que deux hommes du village soulèvent d'un geste. Tante cobra y a déposé quelques guirlandes de fleurs ; c'est bien le seul cadeau qu'elle ait jamais fait à maman.

Thamayan allume au feu de la cuisine le flambeau qu'il transportera jusqu'au bûcher de crémation.

Le cortège se met en route. Il n'est composé que d'hommes, selon la tradition. Mais il n'est pas si maigre que tante cobra l'avait prédit. Ma mère était respectée des quelques villageois auxquels elle avait affaire. Il y a Ponnadiyam le facteur, qui lui a apporté les lettres de Meyyan, mon père – tant qu'il en a eu à distribuer. Ponnadiyam, en arrivant, a murmuré : « Pauvre hirondelle du Rajasthan, morte si loin de chez toi ! » Il a ouvert son parapluie au-dessus du brancard et il protège le visage de Dayita pendant le trajet. Pôtri, le prêtre du temple, Semmal l'épicier et Atralarasu le potier suivent. Deux amis d'enfance de Meyyan ferment la marche avec le père de l'un d'eux. Grand-père a remis à ce dernier, avant le départ, un mouchoir noué. Il lui a confié une tâche qu'il aurait voulu accomplir lui-même, mais il est incapable de nous accompagner, avec sa cheville foulée.

Je les suis de loin jusqu'à la rivière. Celle-ci ne remplit plus que la moitié de son lit, attendant l'heure de la mousson qui rendra vie à ses eaux. J'avance le plus loin possible parmi les arbres et les buissons clairsemés de la rive. En me courbant en deux, j'arrive à un rocher biscornu. Il m'offre un siège dans un repli de pierre creusé juste à ma taille. De là, je peux observer les funérailles sans être repérée.

Un modeste bûcher de bouses séchées est dressé sur l'aire de crémation. Les hommes y déposent le corps de Dayita, le badigeonnent, le recouvrent d'une autre couche de combustible. Mon oncle Thamayan et les amis de Meyyan le contournent en psalmodiant les formules consacrées à la suite du prêtre. Mon oncle élève la torche enflammée au-dessus de sa tête et y porte le feu. Un filet de fumée s'élève vers le ciel.

J'enregistre avidement chaque détail. Son vieil ami dénoue le mouchoir que grand-père lui a confié. Il lance son contenu aux corbeaux alentour; les gardiens de l'enfer s'empressent d'engloutir cette modeste offrande de riz et de lentilles. Une dernière fois, grand-père s'est privé de son déjeuner pour sa belle-fille bien-aimée, afin de favoriser son passage vers une vie nouvelle.

Le soleil décline. Les deux hors-caste s'affairent autour du bûcher, remuant le bois afin de raviver le feu. Tante cobra les appelle avec mépris «les arriérés», mais maman parlait d'eux en disant: «les opprimés». Le quartier des hors-caste se situe au bout du village, et je n'en ai que rarement rencontré. Les tâches considérées comme impures leur sont dévolues. Laver la crasse des autres, toucher la peau d'un animal mort, comme Bala le cordonnier, ou s'occuper des crémations… Pour cette raison, ils ne sont pas les bienvenus au cœur du village.

L'un d'eux s'éponge le front avec un pan dénoué de son turban. Il tourne la tête comme pour appeler quelqu'un. Un garçon que je n'avais pas encore remarqué, accroupi dans l'ombre, saute sur ses pieds. Il saisit la perche que lui tend l'homme. Il avance près du bûcher, ramasse quelque chose par terre et le place dans le feu. C'est une fleur tombée du brancard. Je le devine à son mouvement respectueux. Ce geste plein de grâce dénoue le bloc dur dans ma poitrine. Pour la première fois depuis la mort de maman, les larmes jaillissent de mes yeux.

Chapitre 8

Je sanglote les yeux fermés. Mon corps n'est plus qu'un frisson traversé de grondements rauques. Mes paumes repoussent le rocher de toute leur force. La pierre ne bouge pas d'un millimètre, indifférente à mon malheur. Le sable absorbe mes larmes en un clin d'œil. Qu'est-ce qu'une mousson humaine pour l'Univers? Est-ce qu'un éléphant se soucie d'un duvet chutant sur son dos? Et pourtant, quand l'orage de mon chagrin s'apaise, il me semble que la pierre m'entoure d'une étreinte maternelle. Épuisée, dans un demi-sommeil, je redeviens une toute petite fille au creux du rocher.

Ma mère m'apparaît.

Je la reconnais immédiatement, même si je ne l'ai jamais vue ainsi. C'est la Dayita d'avant ma venue, telle que Meyyan l'a rencontrée. Racée et dodue comme une mangue, les cheveux piqués de jasmin frais, la peau plus onctueuse qu'un pétale de frangipanier! Elle se penche vers moi dans son sari rouge rehaussé d'or. Elle est si proche que je perçois le tintement de ses bracelets, l'effluve de santal qui imprègne son vêtement. Dayita ne dit rien. Elle sourit. Ce sourire contient la tendresse qu'elle a pour moi et la force qu'elle voudrait me transmettre : «J'ai souhaité pour toi le meilleur destin!...»

La vision s'évanouit. Le soleil s'est enfui derrière les collines à l'horizon, laissant derrière lui un sillage ensanglanté. Un voile d'ombre tombe sur la plaine. Les paupières gonflées, les yeux brouillés, je ne distingue plus qu'à peine le bûcher en train de rougeoyer.

Un des tout premiers souvenirs que j'ai de maman remonte à ma mémoire, accompagné d'une familière odeur d'argile. Elle trace des lettres sur la terre humide au bord du bassin des femmes. Je suis invitée à tracer le mot à mon tour. Je ressens encore le plaisir de toucher la terre sableuse, celui de la voir s'ouvrir sous le soc de mon ongle!

C'est ainsi que j'ai j'appris à lire l'hindi, la langue du Rajasthan. Ici, à Yamapuram, on parle tamoul. L'hindi était notre langue secrète à toutes les deux. C'est aussi la langue du chant classique d'Inde du Nord, cet art que j'ai sucé avec son lait. Nous chantions toutes deux continuellement en travaillant. Tante cobra ne se doutait pas que nous en profitions pour communiquer.

— Ne tourne pas la tête et ne me réponds pas, chantait maman. Va chez la voisine l'aider à coudre pour le mariage de sa fille. Garde le triage des pois pour cet après-midi. Ta tante sera chez la voyante ; je t'apprendrai un hymne à Krishna.

Un peu plus tard, je modulais à mon tour :

— Maman, cache mon bol de lait caillé, Selvin se réveille de sa sieste !

Nos échanges ne se limitaient pas aux informations utiles. Nous nous amusions, nous dansions en liberté dans cet espace :

— Maman, regarde tante cobra ; avec la pâte de curcuma qu'elle s'est appliquée sur la figure, ne dirait-on pas le gros lézard du jardin ?

Dayita jetait un coup d'œil à sa belle-sœur et cachait son rire sous une quinte de toux. Nous improvisions ensemble :

— La femme de Thamayan cherche un nouveau mari
elle applique un masque à purifier le teint
— c'est son point faible ! — et cela suffit bien ;
car pour ses yeux, ils sont déjà globuleux.
Puis elle s'en va trouver le lézard du jardin,
ils se marièrent et ils furent très heureux !

Plus tard, maman a affronté tante cobra, comme la brave mangouste en face du serpent qui fait dix fois sa taille. Elle a insisté pour que j'aille à l'école du village. Elle a exigé que j'écoute de toutes mes oreilles, quelle que soit l'attitude du maître. Ce dernier ne s'occupe que des enfants riches, parce qu'il reçoit des cadeaux de leurs parents. J'ai versé des larmes à l'école, mais j'ai eu ma récompense. Je me rappelle la fierté de ma mère, quand j'ai su lire et écrire la langue de mon père !

Ces derniers temps, quand maman était devenue trop faible pour me parler, nous avons repris un jeu que j'adorais étant petite. Le soir, quand nous étions couchées côte à côte sur la natte, elle traçait une phrase sur mon dos, du bout de l'index. Je pianotais sur sa peau, en retour, de la même façon…

Chapitre 9

Au creux de mon rocher, je presse les paupières et sens sur mes joues la fraîcheur humide de mes cils. Je rouvre les yeux. Les dernières traces de rose s'éteignent à l'horizon. Presque aussitôt, c'est la nuit. Là-bas, sur la rive, le bûcher continue de se consumer, œil incandescent dans la nuit. La fumée se détache sur le ciel sombre.

Les voix masculines du cortège me parviennent. Je me redresse et détale avant que les hommes puissent me repérer.

Dès que j'arrive à la maison, je me glisse à l'étable. L'heure de la traite est passée depuis longtemps ; les deux bufflonnes doivent m'attendre avec impatience. Il est même étonnant que je ne les ai pas entendues protester de loin. Éléphante, ma vache préférée, énorme et grisâtre, mugit en me reconnaissant.

Le seau n'est pas suspendu à son crochet. Je presse l'un des pis d'Éléphante ; elle a déjà été traite. Un instant, j'ai le fol espoir que ma mère soit descendue du ciel pour m'aider. Hélas, il est bien plus probable que ce soit tante cobra. Et alors, qu'est-ce que je vais prendre !

Je m'attarde contre le poitrail de la bufflonne. Je caresse les plis de son cou, invisibles dans l'obscurité, et les compte en hindi. *Ek, do, tin, chaar, panch.* C'est ainsi que maman m'a appris les chiffres : *ek* manguier, *do* yeux, *tin* corbeaux, *chaar* pieds du lit de tante cobra, *panch* plis au cou d'Éléphante. Chaque jour un peu plus, jusqu'à cent…

Je m'arrache à l'atmosphère tiède de l'étable. Je passe le seuil de la maison, les épaules recroquevillées, prête à encaisser l'insulte. Surprise du silence, je lève les yeux. Tante cobra est absente, ainsi que Selvin. Le seau est dans la cuisine, vide. Le lait bouilli refroidit dans la marmite. Du fourneau monte une bonne odeur de curry de légumes, surveillé par grand-père.

Mon cœur déborde de gratitude. Je m'approche de lui et je saisis sa main, la porte à mon front…

— Mon bouton de lotus, murmure-t-il.

Je tressaille.

— C'est ainsi que m'appelait papa, n'est-ce pas ? Maman me l'a souvent dit.

Je caresse du doigt les veines saillantes sur sa main maigre, à la peau fine et parcheminée. J'hésite et demande :

— Crois-tu que ton fils reviendra ? Pourquoi a-t-il cessé d'écrire ? Est-ce qu'il nous a oubliés ?

Sans répondre, grand-père me tend un bol de riz qu'il recouvre de légumes. Il me regarde manger avidement. Quand j'ai tout nettoyé, il s'appuie sur mon épaule pour se relever.

— Aide-moi à regagner mon fauteuil, mignonne. Si ta tante rentre et me voit à la cuisine, elle va encore nous jouer sa déesse Kali, hurlant, roulant des yeux et semant des têtes coupées sur son passage.

Une fois installé, il agite son index sous mon nez :

— Tu peux être sûre d'une chose, ma chérie. Meyyan n'oublierait jamais sa famille. Je connais mon fils.

Il se frotte le menton :

— Peut-être a-t-il été malade et n'a-t-il pas pu écrire… ou encore est-il parti aux Émirats arabes, tu sais, comme le cousin de Ponnadiyam ? Il disait qu'il suffit de quelques années là-bas et, en rentrant, tu as assez d'argent pour acheter une terre au village.

Il soupire et conclut :

— Il faut prier, ma fille. Tu reverras ton père, c'est certain.

Chapitre 10

Depuis le départ de Meyyan, grand-père prie régulièrement pour son retour. Il procure aux dieux leur nourriture favorite, fleurs, fruits et la flamme des lampes à huile.
Il prélève sur l'argent que Thamayan lui donne pour son
tabac. Il se rend au temple, où la clochette qu'il fait tinter finira par attirer l'attention divine. Les dieux récom-
pensent toujours la persévérance ; le problème est de
savoir quand et comment ils exaucent vos prières. Leurs
solutions ressemblent parfois à celles d'un gamin étourdi.
Le vieil homme a prié, autrefois, pour trouver à son paresseux Thamayan une épouse énergique. Et qui les dieux
nous ont-ils envoyé ? Une mégère.

Voilà ce que pense grand-père, je le sais, car il me l'a
dit souvent. Unis dans la tendresse, nous restons un
moment silencieux. Je lui souhaite une bonne nuit avant
d'accomplir ma *puja*.

Les lampes sont restées allumées sous les effigies des
dieux. Je m'incline devant chacune, les deux mains jointes
sur le front. Je recommande à la déesse Sarasvati l'âme de
ma mère. En échange, je lui promets de continuer l'art du
chant envers et contre tout.

Au moment de me coucher, je ne trouve pas la natte

de couchage où je dormais avec maman. Tante cobra l'a fait disparaître. Je m'allonge près du mur sur le sol nu.

Il était temps! Les poules caquettent dans la cour à l'arrivée de ma tante et de Selvin. Je me tourne contre le mur, me couvrant la tête de mon foulard. Mais ils ne se soucient pas de moi. Voyant qu'oncle Thamayan n'est pas rentré, ma tante se plaint à Selvin qu'il soit encore fourré chez l'épicier, à régaler de feuilles de bétel ceux qui sont venus aux funérailles.

Plus tard, je suis tirée de mon premier sommeil par la voix de mon oncle. Je dresse l'oreille : il parle à tante cobra des cendres de ma mère. Elle lui répond d'un ton sans réplique :

– Quel besoin avez-vous de vous en charger? Ne retournez pas là-bas demain matin. Les arriérés trieront et laveront ce qui reste d'elle. Après tout, nous n'avons jamais su d'où elle venait, celle-là! Si ça se trouve, c'était une arriérée, une intouchable, elle aussi. En tout cas, moi, je l'ai toujours soupçonné.

La langue de vipère s'agite sans pitié, crachant sur sa belle-sœur dont la présence flotte encore dans la maison. Mon cœur se serre. Je suis aussi vulnérable qu'une souris égarée, loin de son trou, sans même une natte pour me cacher! Je fais un effort surhumain pour ne pas laisser échapper de sanglots. Les larmes me brûlent les paupières. Le visage de la déesse Sarasvati surgit devant moi. Les traits de la statue se confondent avec ceux de maman, telle qu'elle m'est apparue ce soir sur la rive. Elle me sourit et je sais qu'elle me protégera. Le cri de la chouette effraie retentit dans la cour, tout proche, aussi clair que des paroles.

Demain, je m'occuperai moi-même des cendres.

Chapitre 11

J'avais prévu de me rendre à l'aire de crémation tôt dans la matinée, avant que les employés des bûchers aient eu le temps de recueillir les cendres. Selvin, d'un instinct infaillible, flaire quelque chose. Il a la lubie de manger un pain de riz fermenté accompagné de yaourt de vache blanche avant de partir à l'école. Il m'envoie donc à l'autre bout du village, où je troque un litre de yaourt de bufflonne contre du yaourt de vache blanche. Je dois encore préparer le pain de riz et le cuire à la vapeur.

Quand je peux me rendre au puits, la file est déjà longue. À cette heure tardive, l'ambiance est électrique. Deux femmes commencent à se disputer. L'une, en sari pêche, accuse une plus jeune, en corsage à fleurs, de s'être glissée devant elle. La sœur de cette dernière s'en mêle, puis la voisine de la première. Bientôt, une dizaine de femmes se disputent, réglant d'autres comptes au passage. Après avoir attendu en vain qu'elles retournent à leurs seaux, je finis par me glisser jusqu'au puits. Au moment où je ramène la corde avec le plus grand mal, arc-boutée au bord, la femme en sari pêche m'aperçoit. Elle se précipite et m'envoie une telle claque que je tombe à la renverse. La corde se dévide avec fracas autour de la poulie et le seau dégringole au fond du puits.

— Non, mais regardez-moi cette morveuse qui profite de la situation! A-t-on déjà vu un culot pareil? glapit la furie.

Corsage à fleurs prend les autres à témoin. Sari pêche vient de montrer son vrai visage: renvoyer au fond du puits le seau qu'une maigre fillette a eu tant de peine à remonter! Sari pêche est de l'essence des démons, qui contrarient la bonne marche du monde. La dispute reprend de plus belle. Personne ne se soucie plus de moi. Toutefois, je perds de précieuses minutes avant d'oser toucher de nouveau à la corde.

Quand enfin j'arrive à la maison avec ma jarre pleine, tante cobra me tire si fort les cheveux qu'une poignée lui reste dans la main. Elle a l'intention de se rendre chez sa chère voyante avec une corbeille de crêpes farcies aux légumes. Selon elle, les légumes devraient déjà être cueillis au jardin, nettoyés, coupés et mis à cuire. La farine de lentilles devrait être mesurée pour la pâte à crêpes. Mais avant, il faudrait nettoyer la vaisselle de la veille et balayer la maison et la cour, tu vois tout le retard que tu as pris, petite merde, tu as intérêt à t'activer!

Derrière ce discours, j'en entends un autre: «Voici quel sera ton traitement désormais. Tu devras accomplir le travail que vous étiez deux à faire, et ta mère n'est plus là pour te servir de rempart contre moi.»

Tante cobra est d'autant plus venimeuse qu'elle est sans témoins. Thamayan a emmené grand-père chez le barbier afin qu'il examine sa cheville. Bien plus tard, quand je mets à cuire les crêpes, tante cobra m'avertit d'une voix sifflante:

— Et si je te surprends à manger ne serait-ce que la

queue d'une courgette ou une épluchure de patate quand tu fais la cuisine, je te rase la tête, c'est compris!

Je sursaute. Quel sort me réserverait alors tante cobra, en apprenant que je suis la propriétaire d'un bracelet d'or? Celui qui brillait au poignet de maman! Je ne l'ai pas volé. C'est elle-même qui me l'a confié en me disant à quel endroit le ranger.

Tante cobra quitte la maison en me montrant d'un air féroce le linge sale à emporter au bassin des femmes.

Le ballot sur la tête, je sors à mon tour. Dès que j'ai atteint l'autre côté de la rive, je pars dans la direction opposée à celle du bassin. Je parviens au rocher où j'étais hier soir, et je dépose le linge dans le creux qui m'a accueillie. Je marche résolument jusqu'à l'aire de crémation.

J'arrive trop tard! Le bûcher a disparu; son emplacement a déjà été balayé. Je pousse un cri de désespoir.

Chapitre 12

Quelqu'un m'a entendue : une silhouette se dresse près du lit de la rivière. C'est un garçon à la peau sombre comme la nuit, vêtu seulement d'un short. Ce que je remarque, c'est surtout la bassine en plastique à côté de lui. Elle ne peut contenir que les cendres de ma mère, triées et lavées !

Je descends vers lui en hâte, me tordant les chevilles sur les galets brûlants.

Quand je ne suis plus qu'à quelques mètres, le garçon joint les mains au-dessus de sa tête. Son visage s'illumine d'émerveillement et d'effroi. Je devine, non, je *sais* que je suis telle qu'il me voit. Une apparition. J'avance avec grâce, flottant au-dessus des cailloux. Mes yeux brillent de façon surnaturelle. Ma peau, claire comme celle de Dayati, porte un sari étincelant, et non plus une robe trouée et délavée. Mes cheveux ébouriffés portent un diadème. En cette heure de soleil écrasant, où toute âme vivante fait la sieste, j'incarne la déesse de la rivière assoiffée. Demain, la mousson fera de moi une femme puissante et imposante. Aujourd'hui, je suis si mince qu'on me voit les cailloux à travers. Et malheureuse, très malheureuse. Alors, gare à celui qui s'opposera à ma volonté.

Je m'arrête à quelques pas du garçon. Je désigne la bassine d'un regard. L'opprimé répond aussitôt :

– Ce sont les cendres du dernier bûcher.

– Donne, commande la déesse.

Le garçon verse les cendres dans le tamis. Il le pose à mes pieds et recule, en tombant à genoux.

Je répands les cendres dans mon foulard de coton. La déesse s'enfuit sans demander son reste.

Au bassin des femmes, mon précieux foulard à l'abri au creux d'un arbuste, je lave le linge de tante cobra. Par bonheur, la femme du potier est là. C'est une gentille femme aussi ronde que les pots de son mari. Elle a une fille de mon âge. Elle murmure à mon oreille quelques paroles de consolation et me fait des louanges sur le courage de maman. Elle m'aide à frapper les plus grandes pièces de linge sur les pierres plates. Nous les essorons, chacune à un bout. Avant de s'en aller, elle insiste pour m'offrir la galette qu'elle a apportée pour son goûter…

Les saris, les robes, les chemises et les pantalons sèchent maintenant sur le sol, au soleil. Je retire avec précaution mon foulard de son abri et m'éloigne dans les broussailles. J'ai un point de repère, un flamboyant dont la cime se voit de loin. Plus j'avance vers lui, plus je suis éblouie. L'arbre semble flamber, en effet, couvert de somptueuses fleurs d'un jaune orangé. À quelques mètres derrière lui, vers l'ouest, se trouve un petit bois d'épineux. Maman et moi avons découvert un jour qu'il cachait une clairière naturelle. Cette prairie à taille de lutins se revêt à l'été d'un tapis de fleurs mauves. Combien de leçons de chant n'ai-je pas reçues dans cet endroit, à l'abri de la curiosité des autres femmes, pendant que séchait le linge de la maison !

Au bord de la clairière, je m'installe et creuse un trou dans la terre avec un éclat de caillou. J'ouvre le foulard : les cendres glissent d'un coup, comme aspirées. Je remets la terre en place, imitant les gestes précis de maman quand elle plantait une graine dans le jardin. Je m'incline et ferme les yeux, les paumes ouvertes vers le ciel, en méditation.

De ma poitrine jaillit un chant inconnu. Un chant poignant comme ma douleur de ne plus revoir maman et limpide comme le souvenir que je garderai d'elle. Ce chant ne ressemble à aucun de ceux qu'elle m'a enseignés. C'est moi qui suis en train de l'inventer.

La nuit tombe quand je rentre à la maison. Je n'ai pas peur. Je me sens aussi forte que si ma mère était à mes côtés. J'ai fait ce qu'il fallait. Les choses sont en ordre, à présent.

Chapitre 13

Dès que je le peux, je me rends dans mon endroit secret. Les premières fois, j'improvise un hymne à ma mère et à Sarasvati. Puis vient un hommage au soleil impitoyable, accompagné par le bruissement syncopé des criquets.

Lors d'une visite à l'aube, je chante l'heure où la terre s'éveille. Un autre jour, je réponds au coucou koel, invisible dans les feuilles. Il me suffit d'être seule et de respirer le monde autour de moi. Le chant naît spontanément. Il ne ressemble à aucun de ceux que je connais, même s'il repose sur les techniques que ma mère m'a apprises.

Ma mère est partie à la saison sèche, comme pour mieux rejoindre le désert où elle était née. Le soleil fera peut-être aussi de Yamapuram un désert. Après un mois de mars anormalement chaud, avril plonge le village dans une fournaise. Les petites chèvres aux longues oreilles se tiennent immobiles à l'ombre des murs des maisons, haletantes. Entre leurs pattes s'allonge un chien errant, la langue pendant jusqu'à terre. Les gens bougent au ralenti. Les voix rendent un son feutré dans l'air immobile. Durant les heures du zénith, le village semble abandonné. Les ruelles sont désertes. Rien ne s'agite plus dans les maisons, sauf, çà et là, au ralenti, un éventail de palme ou de vétiver.

Grand-père s'est remis à garder les buffles. La cheville encore faible, il préfère affronter la fournaise sous son vieux parapluie plutôt que le venin de tante cobra à l'ombre de la maison. «Ah, votre femme était une sainte femme; en voilà une au moins qui n'est pas restée long-temps une bouche inutile!» insinue-t-elle en lui servant sa nourriture.

Selvin, au contraire, est le plus souvent dans les parages, car l'école vient de fermer pour les vacances d'été. Je devrai supporter sa présence constante jusqu'au mois de juin! À côté de mon cousin, je suis aussi minuscule que la souris chevauchée par Ganapati, le jeune dieu obèse à tête d'éléphant. Comme Ganapati, Selvin a le ventre bourré de sucreries et, comme Ganapati, il me tient, moi la souris, sous le poids de son imposante domination.

Tout le monde sait comment est né Ganapati. Sa mère, la déesse Parvati, l'a fabriqué avec la crasse de son bain. Voilà encore un point commun entre Selvin et lui; tous deux sont des fils à maman. La ressemblance s'arrête là. Ganapati est rieur, aimable, toujours prêt à lever les obstacles. Selvin est râleur, vicieux et fait de ma vie un enfer.

Il a toujours été très jaloux de la tendresse de maman à mon égard. Si elle me tressait une guirlande de fleurs, il me l'arrachait et l'écrasait dans ses grosses mains. Il traî-nait dans la fiente de poule les poupées de paille qu'elle me fabriquait.

Dans ses bons jours, il me bouscule ou me tire les che-veux, en me soufflant son haleine au visage. Il m'ordonne de préparer et d'apporter tout ce qu'il désire. Dans ses mauvais jours, il renverse l'eau de la cruche et salit ce que je viens de laver. Dans tous les cas, il me dénonce quand il fait une bêtise.

Il s'est entiché de deux camarades de classe. Il y a Ponnan, dont la belle maison abrite sa famille depuis des générations, et Salim Ali, le fils d'un gros propriétaire du village.

Un après-midi, il les amène tous les deux à la maison.

— Apporte-nous les *barfis* à la noix de coco et le petit-lait au gingembre, servante, m'ordonne-t-il, rouge et suant.

Pendant que je dispose les *barfis* sur une assiette, j'entends les garçons parler à l'ombre de la cour.

— Vous n'êtes pas assez riches pour avoir une servante. Cette fille est ta cousine, crois-tu que nous l'ignorons? commence Salim Ali.

— Ouais, d'ailleurs, ma mère dit que Meyyan s'est fait rouler. L'allure de haute caste de sa femme cachait une origine douteuse, ajoute Ponnan.

Mon cœur se met à battre douloureusement. Que signifient ces mots? Je parie que Ponnan n'en sait rien lui-même. Il les récite comme une leçon apprise par cœur. Loin de défendre l'honneur de son oncle, Selvin ricane servilement.

— En tout cas, dit Salim Ali, je peux te dire que, chez moi, les servantes sont mieux habillées.

Cette fois, Selvin se sent piqué dans sa dignité.

— Que veux-tu, cette fille tache et déchire tout ce qu'on lui met. C'est une vraie souillon, affirme-t-il.

Chapitre 14

J'apporte les *barfis* et le lait de baratte épicé. Ponnan repose son verre avec une moue dédaigneuse :

— Vous n'avez donc pas de glace ici ?

Façon de souligner que sa maison est l'une des rares du village à posséder l'électricité. Comme Selvin n'a rien à répondre, il fourre trois *barfis* à la fois dans sa bouche. Salim Ali se met à rire :

— Tu es plus goinfre qu'un troupeau de singes à toi tout seul. C'est sûrement vrai, ce que raconte Puli à ton sujet.

— Qu'est-ce qu'il raconte ? a le tort de demander Selvin, la bouche pleine.

Salim Ali jette un coup d'œil à Ponnan :

— Un jour, Selvin a mangé une crêpe alors que Puli avait craché dessus.

— C'est faux, hurle Selvin en postillonnant.

Ponnan recule en hâte. Il s'époussette la poitrine, l'air écœuré. Selvin roule des yeux de poisson qu'on tient hors de l'eau. Il me montre du doigt :

— Puli était chez moi, mais il s'agissait d'elle. Hein, que c'est toi qui as avalé une crêpe où Puli avait craché ?

Je murmure « oui », pressée qu'on m'oublie à nouveau.

— Elle ment, dit Salim Ali. Elle sait qu'elle va dérouiller quand nous serons partis, voilà tout.

Selvin prend un *barfi* dans l'assiette. Il crache dessus et me le tend.

— Elle n'est pas dégoûtée, vous allez voir : mange !

Je lève les yeux sur lui.

— Qu'Allah nous protège ! s'écrie Salim Ali. Si ce regard avait le pouvoir de tuer, tu serais un homme mort, Selvin !

Il fait mine de plaisanter. Mais, au fond, ma résistance l'impressionne.

— Eh bien, nous vous laissons entre souillons, dit Ponnan. Viens, Salim Ali, je t'offre une glace chez l'épicier.

Selvin se venge le soir même. Il prétend que j'ai refusé le *barfi* parce que Salim Ali, qui est musulman, l'a à peine effleuré. Tante cobra n'en croit pas ses oreilles. Comment, cette petite sortie d'on ne sait où se permet de faire la fine bouche ? À son tour, elle veut me faire avaler le *barfi*. Je ne fais pas un geste pour le saisir.

Contrairement à ce que je pensais, la grêle de coups ne tombe pas sur moi. Peut-être ma tante a-t-elle trop chaud pour se dépenser. Ou est-ce la présence d'oncle Thamayan qui la porte à plus de dignité ? Sous l'œil horrifié de Selvin, ce dernier, pour en finir, gobe prestement la friandise. Il y a beau temps qu'il fume la pipe à eau en compagnie du père de Salim Ali et que le bec passe de main en main.

Tante cobra m'envoie me coucher sans dîner, d'un ton calme et froid. Je m'endors avec un très mauvais pressentiment.

À mon retour du puits, le lendemain matin, ma tante

me saisit par les cheveux et me traîne jusqu'à l'échoppe du barbier.

– Cette petite grouille de poux. Rase-lui la tête, ordonne ma tante à ce dernier. Entièrement, ajoute-t-elle devant l'air incrédule du barbier.

Elle lui demande ce qu'il attend, alors qu'il dénoue mes cheveux avec lenteur. Il ne voit pas un seul pou, mais il ne proteste pas. Il y a peu de gens au village qui essaient de s'opposer à tante cobra. Elle déclare qu'il sera bien assez payé avec mes cheveux et tourne les talons.

Le barbier me peigne avec soin et refait ma tresse en silence. Ses gestes sont plein de douceur. De mon côté, je me laisse faire sans bouger, même quand il cisaille ma natte. Seulement, quand il me passe le rasoir sur la tête après l'avoir savonnée, mon corps est traversé de sanglots.

– Ne bouge pas, je t'en supplie, murmure le barbier. Ce serait un comble que je te coupe, en plus !

Je comprends à son ton désolé que sa tâche le remplit de chagrin. Priver une fille de ses cheveux, n'est-ce pas la pire des humiliations ? Quand il a fini, il me montre ma natte. Il tente de me réconforter :

– Elle est magnifique, regarde. On la fixera à la statue de Durga que fera le potier pour la fête de la déesse. Ça te portera chance. Quant à tes cheveux, ils repousseront encore plus beaux qu'avant, tu verras !

Je m'en retourne à travers le village comme un automate. Pour comble de malchance, une bande d'écolières en vacances est rassemblée devant la porte d'Atralarasu.

– Visez-moi le crâne d'œuf !

– Reculez-vous, c'est une arriérée, ils ont tous des poux, ils sont trop sales, là-bas, dans leur quartier !

— Mais non, c'est la cousine de Selvin. Il la fait passer pour sa bonniche... Oh, dis donc, comment ils l'ont arrangée !

La fille du potier envoie un coup de coude à la sœur de Salim Ali pour la faire taire. Et c'est cela le pire de tout : la pitié que je lis sur son visage.

Chapitre 15

Je marche en direction de la rivière. Les filles ont raison, mon crâne est un œuf, que le soleil cuit cruellement. Si au moins je pouvais ramener mon foulard sur ma tête! Mais il est tombé dans la cour quand ma tante m'a entraînée.

Mes cheveux, mes cheveux. Je n'en ai plus un seul! Un malaise aigu me saisit. Je me plie en deux et reste accroupie, incapable de bouger. La rage me tord les viscères, plus corrosive que le liquide où Thamayan fait tremper sa faux pour enlever la rouille. Un vent de terreur souffle sur moi. Si je ne détourne pas ma pensée de mes cheveux perdus, ma colère me détruira entièrement. Mon esprit sera dévoré par ce démon aigre.

Ma peau se couvre d'une sueur glacée. Je fixe ma pensée sur ma mère. Je murmure : « Maman, maman, maman, maman. »

C'est le mantra le plus rudimentaire que quelqu'un ait jamais prononcé, et pourtant il se révèle efficace. Beaucoup de nos déesses sont des mères, après tout! Le malaise me quitte aussi soudainement qu'il m'était venu. Je me redresse, tremblante du combat que je viens de livrer. Je suis si soulagée d'être entière que j'en oublie mon crâne chauve.

Au bassin des femmes, l'eau est immobile. Les feuilles de lotus s'étalent, luisantes, à la surface. Un groupe de villageoises bavardent assises à l'ombre, pendant que leur linge sèche, étendu sur le sol. Aucune ne fait attention à moi. Je repère un turban sur mon chemin, offert au soleil. Je me baisse et le ramasse d'un geste naturel. Je continue ma route sans que s'élève de protestation. Personne ne m'a vue. Une fois à couvert des buissons, j'enroule le turban encore humide sur mon crâne. Une délicieuse sensation de fraîcheur apaise la brûlure de ma peau.

Dans la clairière, je m'agenouille et glisse la main dans ma chemisette. J'en tire une poignée de courts cheveux collés par la sueur et l'offre à l'autel de ma mère. Je les enfouis dans la terre et demeure immobile. Aucun chant ne vient. Celui du soleil est étourdissant, même avec la protection du turban.

Je me lève. Le seul coin qui promet de l'ombre est un bosquet d'amandiers sauvages, à un quart d'heure de marche de la clairière. Ma mère et moi allions y cueillir des amandes à l'automne. Mes jambes me portent jusque là-bas. Je me laisse glisser, le dos contre le tronc du premier arbre venu. Le turban calé contre l'écorce, je sens mes paupières se fermer toutes seules. Je m'endors, bercée par la vibration sourde des cigales.

Je rêve qu'une averse de mousson fait sonner les casseroles dans la cour. Le tintement des gouttes devient les cris gutturaux d'un écureuil juste au-dessus de ma tête. Ce bruit me réveille. Encore engourdie, j'entends l'animal grignoter avec fureur. Je fais claquer ma langue en rythme. À mon grand étonnement, un frottement régulier s'intercale en réponse, quelque part dans les fourrés vers ma droite. L'écureuil rayé court le long du tronc. Je le sens sauter sur mon turban. Il fuse par terre devant moi et bondit sur un autre amandier.

Le frottement régulier ne s'arrête pas pour autant. Je ne bouge pas de ma place, essayant d'imaginer quel être peut bien produire ce bruit. Une chose est sûre : si j'essaie de le surprendre, il s'enfuira aussitôt. J'invente un son entrecoupé de halètements pour l'accompagner. Le frottement change de rythme. Je le suis, émerveillée. Il change encore et je l'imite, par deux fois. Enfin, je m'arrête. Le frottement s'arrête à son tour. Je me lève sans faire de bruit. Je marche en direction du frottement… et je reste bouche bée en découvrant qui l'a produit.

Un garçon brun et musclé est allongé à l'ombre des feuilles, une brindille entre les dents.

Chapitre 16

Nous restons à nous fixer, moi éberluée, le cœur battant, lui assez content de son effet. Il finit par se redresser:

— Alors, mon prince, tu as bien dormi?

Il me prend pour un garçon! Je jette un coup d'œil involontaire à mes jambes. J'ai relevé au genou le morceau de sari qui me sert de jupe, pour marcher plus commodément, à la façon dont les hommes relèvent leur *lunghi*. Avec ma chemisette fatiguée et mon turban, il faut avouer que je n'ai plus rien d'une fille. Même si je ne suis pas très grande pour mon âge et, comme dit grand-père, pas plus épaisse qu'une tige de lotus. Ne sachant quoi répondre, je recule, prête à m'en aller. Le garçon se méprend sur mon geste.

— Ah, c'est comme ça? Je suis assez bon pour t'amuser de loin, mais parler à un intouchable, pas question!

De narquoise et détendue, son expression est devenue farouche. Sa voix tremble de rage. Les deux mains à son front, singeant la déférence, il fait d'une voix plaintive:

— Mille pardons, *saheb*, mille pardons de vous avoir adressé la parole!

Je contemple, fascinée, ce visage qui vient de changer aussi vite qu'un ciel de mousson. Je reconnais soudain le garçon. C'est celui qui a lavé les cendres de ma mère. Je m'approche et je m'assois en face de lui. Je dis :

– Tu te trompes. C'est seulement que…

Il me dévisage :

– Tu as peur que tes amis te voient ? Sois tranquille, il n'y a personne ici, c'est bien pourquoi j'y viens !

Je secoue la tête :

– Je n'ai pas d'amis. Je viens ici pour la même raison que toi. Et ça m'est égal que tu sois un opprimé.

Le garçon continue à me scruter, l'air intrigué. Qui peut bien être ce drôle de petit bonhomme déguenillé à la peau claire ? a-t-il l'air de penser. D'un air de défi, il me tend la main :

– Moi, c'est Murugan.

Je la serre sans hésiter :

– Je m'appelle, heu, Meyyan.

Le garçon me sourit d'un sourire irrésistible, de toutes ses belles dents blanches ; sa bonne humeur est revenue.

– Meyyan, Murugan, deux noms qui vont bien ensemble, affirme-t-il.

Il se met à scander les six syllabes régulièrement : « Me-yyan, mu–ru–gan, me-yyan, mu–ru–gan, me-yyan mu–ru-gan. » Il a fermé les yeux. Sa tête remue de gauche à droite et de droite à gauche indépendamment de ses épaules, à la façon des danseurs.

La joie monte en moi comme une source. Elle jaillit de ma bouche en improvisation à partir de la base rythmique. Murugan ouvre les paupières, surpris, le temps d'un scintillement d'yeux noirs. Il les referme et maintient la cadence.

Je l'observe tout en chantant.

Concentré et vibrant, il est magnifique, Murugan. Je vois à travers lui le dieu du même nom, le fils de Shiva, jeune guerrier au cœur pur. Ainsi, l'énergie des acteurs, lors des représentations dansées au village, fait vivre les dieux qu'ils incarnent. Je ferme les yeux à mon tour, emportant l'image du guerrier éclatant derrière mes paupières. Mon chant se développe de lui-même, comme la fumée de l'encens offert aux divinités, un élan fervent du cœur vers la beauté et la lumière.

Quand nous rouvrons les yeux tous les deux, nous avons chanté pendant un siècle. Le temps s'est arrêté sous les amandiers. Les écureuils, les oiseaux, les lézards, les cigales et les scarabées se sont tenus cois pour nous écouter.

Je m'enhardis à questionner Murugan. Il aura bientôt treize ans. Il a un frère et deux sœurs aînés. Son père est un notable considéré au quartier des hors-caste, et même dans tout Yamapuram, grâce à son commerce de bois destiné aux crémations. Le frère aîné de Murugan, Nambi, est destiné à lui succéder; tous deux font partie des rares enfants de leur quartier à être envoyés à l'école.

Mais Murugan déteste y aller. Il me dit d'une voix frémissante :

— Les gars des autres quartiers ne s'assoient pas sur notre banc, c'est comme si on avait la lèpre. Dans la cour de l'école, il y a un rayon de trois mètres vide autour de nous. Le maître n'ose pas me brutaliser, parce que mon père est riche. Mais quand il m'interroge, ce qui arrive rarement, son ton dédaigneux me rend fou. Je n'ai pas besoin qu'on me fasse l'aumône !

Murugan envoie, rageusement, un caillou contre le sol. Je demande :

— Et tes grandes sœurs, elles y vont aussi?

Murugan suspend son geste, s'apprêtant à lancer un second caillou. Il a un rire bref:

— Des filles à l'école? Pour quoi faire? Les filles, c'est stupide; c'est tout juste bon à faire la cuisine!

Chapitre 17

J'avale ma salive. Je me félicite d'avoir caché à Murugan que l'une de ces créatures stupides se tient justement en face de lui.

Il enfonce le clou :

— Voyons, une fille serait-elle capable d'inventer le quart de ce que nous avons chanté tout à l'heure ?

Je lui lance un coup d'œil en coin :

— Je ne sais pas…

La tête de Murugan oscille sur son cou. Ce gracieux balancement de tête signifie : « Tu vois bien ! » Comment peut-on être si beau et si cruel en même temps ?

— Qu'est-ce que tu as, s'inquiète-t-il, tu es tout pâle ?

— Je… je ne me sens pas très bien.

Un fort gargouillement de mon estomac retentit entre deux crissements de cigale. Murugan éclate de rire :

— Tu as faim, mon gars, ce n'est pas plus grave.

Il ouvre le sac de toile qu'il porte en bandoulière. Il en sort plusieurs petits pains fourrés qu'il pose sur ses genoux. Provocant, il annonce la couleur :

— Croquettes de pomme de terre impures et *chutney* à la menthe d'arriérés. Tu crois que tu vas pouvoir y toucher ?

Je tends la main. Je dévore avec avidité deux pains fourrés. Habituée à me nourrir à la va-vite, je mastique les yeux rivés au sol, oubliant la présence de Murugan. Celui-ci me contemple, effaré :

— Ben mon vieux, murmure-t-il, ils te donnent pas à manger, chez toi ?

Je hausse les épaules. Murugan n'en saura pas plus ce jour-là. Mais, avant que nous nous quittions, il me fait jurer de revenir.

Sur le chemin du retour, j'enlève mon turban et le glisse sous le bout de sari qui me sert de jupe. À l'entrée de la cour, je croise le facteur. Je lève sur lui des yeux pleins d'espoir ; il secoue tristement la tête. Ponnadiyam plonge la main dans la poche de sa saharienne. Il me glisse un bonbon avant d'enfourcher sa bicyclette.

À la maison, flanqué à sa gauche de tante cobra et à sa droite d'oncle Thamayan, Selvin ânonne la lettre qu'on vient d'apporter. Elle est adressée à tante cobra et vient de son village natal, plus au sud, sur la côte du golfe du Bengale. Sa mère l'invite à descendre pour les vacances. Elle ajoute qu'une cousine souhaite leur présenter une fille ravissante qui vient d'avoir sept ans, et qui pourrait fort bien convenir à Selvin comme future épouse. Selvin arrête sa lecture et fronce les sourcils :

— Mamie est folle ! Je suis trop jeune pour me marier. Je ne veux pas la voir, sa gamine stupide !

L'adjectif me frappe. Murugan a employé exactement le même. Les filles sont donc stupides. Et les hors-caste sont impurs ! Et pourtant, c'est bien Sarasvati, déesse de l'Intelligence, que les étudiants supplient avant leurs examens. Et pourquoi des petits pains aussi savoureux que ceux de Murugan devraient-ils être impurs? Je suis tirée de ma réflexion par le rire de tante cobra. Cette dernière dit à son fils:

— Réjouis-toi! Nous allons échapper à cette chaleur poussiéreuse et prendre l'air au bord de la mer. Pour le reste, ne t'inquiète pas. Grand-mère ne pense qu'à tes intérêts.

Elle connaît son Selvin et conclut d'un ton mielleux:

— Vos horoscopes ne concordent peut-être même pas... Cela dit, si la fille te convient, tu auras des cadeaux et de l'argent à l'occasion des fiançailles.

Ces derniers mots éclairent comme prévu le visage renfrogné de mon cousin. Tante cobra s'aperçoit de ma présence. Elle aboie:

— Eh bien, petite guenon, tu ne vois pas que grand-père est rentré? Qu'est-ce que tu attends pour traire et faire le yaourt?

Selvin me remarque à son tour. Il éclate de rire:

— Pouah, ce qu'elle est moche, ouh là là, quelle horreur! Au secours, mes aïeux!

Il me barre le chemin et me poursuit dans la cour, dansant autour de moi et me ridiculisant à grand bruit. Le buffle mugit, agacé par le tapage, et Selvin abandonne la partie au seuil de l'étable.

Je tire le tabouret et installe le seau sous le ventre d'Éléphante. J'enfouis mon front brûlant de honte contre le flanc de la bufflonne.

Chapitre 18

Avril déroule son ruban de feu et de poussière. Les habitants de Yamapuram concentrent leur activité à l'aube, l'heure la moins suffocante. Le reste du temps, ils tirent la langue, priant pour que la mousson soit au rendez-vous dans quelques semaines.

Moi, au contraire, j'aimerais qu'elle n'arrive jamais! Selvin et tante cobra partis, la maison est en vacances. Oncle Thamayan attend que son blé soit mûr. Il passe ses journées à discuter avec ses amis à l'ombre du grand banian du village. Il est censé me surveiller, afin que je ne vole pas de nourriture. Mais il ne revient pas à la maison pour les repas. Il préfère se gaver chez Semmal de boulettes au piment vert à la compote de fruits aigre-douce.

Grand-père m'a donné l'une de ses vieilles tuniques, que j'ai ajustée à ma taille. Je l'enfile avant d'aller rejoindre Murugan sous les amandiers, roulant sur mes hanches mon morceau de sari usé à la façon d'un *lunghi*. Quant au turban, je me suis mise à le porter dès que je sors. Ni grand-père ni oncle Thamayan ne me font aucune réflexion à ce sujet. Le soleil est si brûlant et un foulard est si mince sur un crâne chauve!

Murugan m'attend à l'heure où pas un chat ne s'aventure dehors. Sous les amandiers, nous improvisons des morceaux qu'aucun public n'a jamais eu l'occasion d'entendre. Je chante les confidences des femmes au puits et Murugan m'accompagne du grincement de la poulie. Je chante la dispute des corbeaux autour d'un cadavre de rat et Murugan imite la démarche syncopée des oiseaux. Je chante les mouvements gracieux de l'écureuil quand il court après sa femelle, et Murugan martèle ses cris brefs et sonores.

Dans le silence, rempli comme un œuf, qui suit chacune de nos improvisations, mon ami et moi nous nous sourions jusqu'aux yeux. La musique est notre secret partagé : nous adorons nous surprendre et nous éblouir l'un l'autre.

Quand nous jouons à d'autres jeux, l'instigateur en est toujours Murugan, car il en connaît bien plus que moi. Il m'emmène dans l'un de ses endroits favoris. C'est au bord de la rivière, assez loin du village. Nous y observons les libellules errant à la surface de l'eau. Étourdis de soleil, nous nous réfugions sous l'arbre de pluie au bord de la rive. Les gousses s'ouvrent en éclatant avec un petit bruit sec : cela nous inspire un air musical d'été. Murugan organise un concours de jets de cailloux pour les faire tomber. Il le remporte sans effort, et nous mâchonnons tous les deux la pulpe coriace au goût de réglisse.

Chapitre 19

Murugan me déclare un jour :

– Dommage que tu vises comme un pied. Je connais un goyavier dont les fruits sont à point. Tant pis, je les ferai tomber et toi, tu n'auras qu'à les ramasser dans ta tunique.

Le goyavier se trouve dans le quartier musulman. En fait, il dépasse du mur qui entoure le jardin de Salim Ali. Je tente de dissuader Murugan d'entrer au village. Les choses peuvent vite mal tourner si un hors-caste est surpris en dehors de son quartier ; on l'accusera de venir souiller les lieux par son impureté. Murugan le rebelle y va justement pour cette raison. Il me traite de poltron :

– Nous ne risquons rien, tout le monde fait la sieste !

Un caillou siffle dans les airs, puis retombe en même temps qu'une goyave. Un deuxième fruit, puis un troisième roulent à mes pieds. Murugan est aussi habile qu'Arjuna, le dieu aux flèches magiques.

Les oies gardiennes de la maison accourent en cacardant.

– Va voir ce que c'est, Suliman, glapit une voix de femme. Encore ces malappris de gosses hindous qui nous volent des fruits !

Nous prenons nos jambes à notre cou. Murugan, par

réflexe, rejoint le quartier des hors-caste, moi sur ses talons. Tout en courant, je sens mon turban se dénouer et glisser. Je le rattrape au moment où il me tombe entre les pieds. Pas assez vite. Je trébuche et m'étale le nez dans la poussière. Murugan me relève et m'entraîne par la main à un train d'enfer jusque chez lui.

J'ai un choc en entrant dans la cour. Sa maison est en meilleur état et bien plus grande que la nôtre. De belles tuiles en terre cuite couvrent le toit. Murugan me fait asseoir sur un banc, à l'ombre d'un auvent de palmes. Il puise un gobelet d'eau à la jarre. Je lui offre mes paumes en coupe et me frotte le visage avec l'eau versée. Quand je rouvre les yeux, je surprends son regard sur mon crâne duveteux :

— Voilà donc pourquoi tu ne quittes jamais ce turban, murmure-t-il.

J'enroule le tissu sur ma tête sans répondre. Il fronce les sourcils :

— Je croyais que nous étions amis. Mais je ne suis pas assez bon pour que tu me confies tes secrets...

La lueur de révolte que je connais trop bien s'allume dans ses yeux. Je dis très vite :

— Ce n'est rien, c'est un vœu que ma mère a fait pour que je retrouve mon père ; nous avons offert mes cheveux à Durga.

Je suis surprise d'avoir trouvé si facilement une explication. Murugan est plus étonné encore ; je ne lui en ai jamais autant dit sur moi. Il est sur le point de m'en demander davantage quand une adolescente sort de la maison, traînant un lourd panier. Elle s'arrête net en me voyant. Mais c'est à Murugan qu'elle s'adresse :

– Tu es fou d'amener un gars du village ici ? Papa te tuera s'il l'apprend !

– Ton bec, volaille ignorante ; retourne à tes patates ! réplique Murugan.

– Fils de buffle ! Tu vas voir ce qui arrive à ceux qui pètent plus haut que leur cul, siffle sa sœur. Elle agite un doigt menaçant, faisant cliqueter les bracelets à son poignet.

Une femme en sari rose apparaît à son tour, et je sais tout de suite que c'est la mère de Murugan, car il lui ressemble. Elle aussi reste interdite en m'apercevant. Mais sa conduite est différente de celle de sa fille. Elle s'approche, tout en se maintenant à une distance respectable. Puis elle touche plusieurs fois son front de ses deux mains jointes, courbant le dos et baissant la tête, tout en implorant :

– S'il vous plaît, partez, jeune monsieur, nous ne voulons pas d'ennuis. Avec tout le respect, partez, *saheb* !

– Maman ! supplie à son tour Murugan dans un cri de rage.

Je m'enfuis, shootant, à ma grande honte, dans le gobelet posé à terre.

Chapitre 20

Toute la matinée du lendemain, j'attends en vain Murugan sous les amandiers. Trois oiseaux minuscules foncent sur le buisson juste à côté de moi, piaillant plus fort que toute une école. Ils se querellent quelques secondes et s'envolent sur un amandier avant de disparaître. Une boule se durcit dans ma gorge. Je n'ai même pas le cœur de manger le *payasam* au lait de bufflonne et aux fruits secs que j'ai préparé à mon ami et dont il raffole.

Je reviens les jours suivants. Je me rends aussi au bord de la rivière où nous avons coutume d'aller. À quelques mètres de l'arbre de pluie, je me penche à l'endroit où Murugan a laissé des cosses ouvertes de l'arbre. Mon ami les a ainsi offertes aux termites afin qu'ils mangent la pulpe entourant les graines... tout comme il lui arrivait de placer près d'une fourmilière le cadavre d'un lézard. Ensuite, il n'avait plus qu'à venir récupérer ses graines ou son squelette impeccablement nettoyés.

Les graines de l'arbre de pluie sont lisses et brillantes, comme prévu. Mais Murugan n'est pas venu jouer à «Combien d'unités ai-je dans mon poing?». Je glisse les graines dans la poche de ma tunique.

Pour la première fois depuis plusieurs semaines, je rends visite à ma clairière secrète. Je m'agenouille et verse les graines de l'arbre de pluie en offrande sur la tombe de maman. Autour de moi, les fleurs mauves sont épanouies. Un papillon d'un jaune éclatant surgit par-dessus mon épaule. Il traverse la clairière en jouant de courbes et de détours. Ses mouvements gracieux écrivent un message dans les airs : « Où que tu ailles, Isaï, la paix de la clairière sera contenue en toi, tout comme moi, le papillon jaune, j'évoquerai toujours un parterre de fleurs mauves. Où que tu sois, l'amour de Dayita sera en toi ! »

J'ai bien besoin de cette force pour affronter le retour de ma tante. Celle-ci est là quand j'arrive à la maison, rentrée plus tôt que prévu, alors que le mois de mai vient de commencer.

Tante cobra est surexcitée. La fillette qu'on leur a présentée au village est un parti inespéré pour Selvin. D'une caste de commerçants, elle lui permettra de sortir de sa condition de paysan. Son père n'a pas eu de fils. Aussi cherche-t-il à former dès le plus jeune âge un héritier qui puisse lui succéder dans sa bijouterie. Il vit à la ville, mais il est très attaché à son village d'origine. C'est pour cette raison qu'il s'est adressé à la famille de tante cobra, l'une des plus anciennes.

Je n'ai pas le temps de me réjouir que mon cousin soit resté là-bas en « période d'essai » auprès de son futur beau-père. Ma tante, qui expose toute l'affaire à Thamayan, se tourne vers moi d'un air féroce :

— Quant à celle-ci, dès demain je l'envoie travailler chez l'usurier. La dot de la future se limite à un joli trousseau, à une maison et à des bijoux qui resteront sa propriété. Vu la chance que représente ce mariage pour Selvin, nous ne pouvons pas exiger davantage. Mais je ne veux pas que Selvin ait de quoi rougir devant cette famille. C'est pourquoi j'ai fait un emprunt à Ori Chelhiyan. La fille de Meyyan va enfin servir à quelque chose. Elle va commencer à rembourser l'usurier dès maintenant.

Ori Chelhiyan est le plus riche propriétaire du village. Il est spécialiste en prêts, hypothèques et transactions. Spécialiste aussi en conduite malhonnête. Rusé, il rend des comptes sans reproche à celui ou celle qui sait lire un contrat, comme tante cobra. En revanche, il trompe sans scrupule les ouvriers agricoles et les veuves illettrées, à qui il extorque trois fois le prix de leur dette. Si ses débiteurs ne peuvent pas payer en temps et en heure ce qui est marqué sur le contrat, Ori Chelhiyan saisit leur maison, leurs bêtes et le peu de terre qu'ils possèdent. Quand ils n'ont plus rien, il prend la force de leurs bras. Voilà pourquoi une armée d'esclaves s'échine à la propriété de l'usurier sans recevoir le moindre salaire : tous remboursent leur dette ou celle d'un parent. Et cela aussi longtemps que Chelhiyan le décrète. « Il n'y a pas encore le compte ! »

Une fois, j'ai vu la voisine, excédée, dire à son enfant qui avait dépassé les bornes :

« Si tu continues, l'usurier viendra te prendre ! »

Elle a aussitôt pincé la langue entre ses dents, épouvantée de ce qu'elle venait de lui souhaiter !

Chapitre 21

La voix de grand-père tremble d'indignation :

— Tu ne peux pas envoyer cette enfant là-bas, ma fille
Au nom de Meyyan, je te l'interdis !

Tante cobra se redresse de toute sa hauteur, les poings
sur les hanches. Au fur et à mesure qu'elle parle, grand-
père se ratatine dans son fauteuil :

— Au nom de Meyyan ? Votre Meyyan se moque bien
d'elle. Ne vous l'ai-je pas dit, ou votre vieille tête perd-
elle la mémoire ? Votre fils s'est remarié, il a d'autres
enfants. Le frère de Semmal l'a rencontré quand il a fait
ce voyage à Bombay pour rendre visite à sa fille. N'est-ce
pas, père de mon fils ? Il travaille dans une pâtisserie, non ?

Thamayan ne répond rien. Il n'a pas l'air de se souvenir de quoi que ce soit, mais il se garde de contredire sa
femme. Tante cobra ricane :

— Évidemment, la seconde femme se soucie peu de
nourrir la fille de la première et de la voir concurrencer
ses enfants. Allons, père, mangez votre riz au lait. Laissez-
nous prendre soin des affaires de la famille.

Cette nuit-là, je ne dors pas, hantée par l'image de
mon père entouré d'enfants. Quand la tante se met à ron-
fler, je sens qu'on me touche doucement le pied. Je me

lève et je suis grand-père dans la cour. La lune est aussi fine qu'une rognure d'ongle : « Un ongle d'or oublié dans le ciel par le dieu Murugan », me dis-je, le cœur serré. Grand-père s'adosse au mur de la cour. Il me prend par les épaules :

— Ma chérie, ce que ta tante dit de Meyyan n'est pas vrai. Je connais mon fils. Il a toujours été quelqu'un de fidèle ! Dès que je le pourrai, j'irai rendre visite au frère de Semmal au village voisin.

Grand-père soupire :

— J'ai autre chose à te dire.

Il hésite, tournant la tête tantôt vers l'étable, tantôt vers le jardin. Mais ni les buffles ni les légumes ne viennent à son secours. Alors il se décide :

— Tu seras très prudente là-bas. Ne te fais pas remarquer. On dit qu'Ori Chelhiyan est en relation avec un cousin de Bombay, un homme louche. Il lui vend certaines de ses servantes les plus jolies, et l'autre en tire de l'argent là-bas en les plaçant comme bonnes... ou pire !

J'étouffe un petit rire. Jolie, moi, qui ne suis pas plus épaisse qu'un vermisseau et sans cheveux sur la tête ? L'idée me paraît tellement absurde que je ne peux pas prendre grand-père au sérieux. Il insiste :

— Si tu entends parler d'une décision de ce genre à ton sujet, viens me chercher. Je ne te laisserai pas emmener. Je parlerai à ton oncle. Cette fois, il faudra qu'il m'écoute.

Je hoche la tête. Je me baisse et lui touche les pieds :

— Ne t'inquiète pas, grand-père, tout ira bien. Je préfère aller là-bas que rester ici avec ma tante.

Il me presse contre lui avec tendresse.

Le lendemain, quand je dois partir, il insiste pour

m'amener lui-même chez l'usurier. Je prends congé des dieux sur l'étagère à *puja*. Quand vient le tour de Sarasvati, la déesse me tend les bras :

— Emmène-moi ! me dit-elle. Je ne resterai pas ici sans toi.

Le visage peint est celui de ma mère, avec son sourire gai et tendre. Le bracelet de maman, encastré dans le bois, forme un discret galon d'or au bas de la robe peinte. J'enroule la statuette dans le minuscule paquet de vêtements que j'emporte.

Grand-père m'attend dehors avec les buffles. Nous rejoignons ensemble la maison de l'usurier. Grand-père s'adresse timidement au régisseur de la maison. Ce dernier nous envoie à la cuisine.

La cuisinière est une dame imposante au chignon épais, en sari bleu pâle. Elle tourne vers nous un visage large comme un fruit de jaquier, l'air aussi hérissé que son écorce. Abaissant les yeux sur moi, elle éclate de rire :

— Qu'est-ce que c'est que cette moitié de poulet ?

Chapitre 22

Grand-père intervient:

— Ma petite-fille est dure à la tâche, madame!

L'imposante dame interroge sèchement:

— Et elle sait faire quoi, cette dure à cuire?

— Tout!

J'ai répondu avant que grand-père ait le temps d'ouvrir la bouche. La cuisinière me regarde plus attentivement. Elle grommelle:

— Haute comme trois litchis et un culot d'éléphant, hein?

Une voix caverneuse retentit derrière nous:

— La chair du durian pue, mais on s'en lèche les babines!

Ces paroles proviennent d'un mainate dont le plumage noir brille au soleil. Deux taches jaune vif ornent son cou. Il est perché sur la branche du tamarinier dans le jardin de la cuisine, la patte droite munie d'une chaîne. Voyant que tout le monde s'intéresse à lui, il sautille en poussant des cris perçants. La cuisinière lui lance une cacahuète droit dans le bec. Puis elle donne congé à grand-père. Son ton est devenu respectueux. On dirait que les paroles du mainate recèlent pour elle un sens caché...

Une fois seule avec moi, Maina, la cuisinière, m'emmène à l'escalier qui monte à l'étage. La maison est vaste, construite autour d'une cour intérieure où se dressent des bananiers et des ananas dans d'énormes pots vernissés. Des chambres donnent sur une terrasse couverte, munie d'une balustrade aux motifs sculptés de fleurs et de feuilles. Maina m'informe que nous allons nous occuper de la mère du maître. Il faut l'appeler « *memsaheb* » et la traiter avec les plus grands égards.

Elle se dirige vers une porte cadenassée et l'ouvre en tirant une clé de sa ceinture. Une odeur ammoniaquée me prend à la gorge. La pièce est plongée dans la pénombre. Je distingue une vieille femme en sari blanc qui dodeline de la tête sur une chaise à bascule en rotin. Maina m'ordonne de tirer les rideaux intérieurs. La lumière entre dans la pièce. Je jette un coup d'œil furtif à la mère de l'usurier. Son regard est fixe et brillant dans un visage plissé de rides. Elle ne prête aucune attention aux deux intruses que nous sommes.

— *Memsaheb* a fait sous elle, dit Maina, d'un ton aussi paisible que si elle disait : « Il fait déjà bien chaud ce matin. »

Elle me désigne une autre pièce au fond de la chambre :

— Viens la laver.

Voyant que je reste coite devant les robinets du lavabo, elle me lance sans s'émouvoir :

— Allons, petite bouseuse, il faudra apprendre à te servir de l'eau courante !

La vieille dame se laisse enlever son sari et doucher, docile. La rhabiller est une autre affaire. Je tiens le linge propre sur mon bras, tiré de l'armoire sur l'ordre de

Maina, laquelle poursuit la *memsaheb* dans toute la pièce, alertement malgré sa corpulence. Jusqu'à ce que Mme Chelhiyan pousse la porte en bois et s'enfuie sur le balcon avec un ricanement retors.

Maina me crie de la rattraper au plus vite. Je lâche le sari propre et je m'élance. Je me faufile au sommet de l'escalier avant que la *memsaheb* ait pu m'atteindre et je lui lance mon voile sur la tête. La vieille dame reste interdite. Je la prends par la main et la ramène jusqu'à sa chambre. Maina nous accueille d'un balancement de tête approbateur.

À partir de ce jour, je deviens la servante attitrée de la *memsaheb*. La laver, la nourrir et la promener est un travail à plein-temps ; le plus difficile est de contenir ses accès de folie. Ce n'est pas une folie aimable, comme celle de Sitthan, le simple d'esprit qui rend de menus services au temple de Durga. La *memsaheb* attaque toujours au moment où l'on s'y attend le moins. Son inventivité à nuire est inépuisable. Elle crache sa nourriture dès qu'elle n'a plus faim. Elle me souffle dans les yeux son chocolat en poudre, dont pourtant elle raffole. Elle arrache les fleurs des plantes sur le balcon. Elle se lève la nuit et barbouille le mur de ses excréments.

Un matin, elle me prend la pelle à poussière des mains, alors que je viens de balayer sa chambre. Plus vive que l'éclair, elle la renverse sur la statue de Ganapati, gravée dans le pilier au coin du balcon. Si une telle chose arrivait à tante cobra, cette dernière ne ferait qu'un bond chez sa voyante, plus morte que vive, afin de conjurer la colère divine. Mais moi, je ne suis pas effrayée. Comment Ganapati n'aurait-il pas pitié de la *memsaheb*, cette vieille femme retombée en enfance ? Elle fut une fillette riche à qui tout était accordé, sauf une chose. Une occupation pour sa tête et pour son cœur !

Chapitre 23

Je m'acquitte bien de ma tâche. Je suis habituée depuis toujours à me tenir sur mes gardes et à endurer la méchanceté. Au moins, celle de la *memsaheb* n'est pas dirigée contre moi personnellement. Maina me traite bien. Elle ne m'a battue qu'une seule fois, le premier jour, quand elle m'a surprise à faire mes besoins dans le jardin de la cuisine. Elle m'a traitée avec mépris de bouseuse. Mais comment aurais-je pu connaître l'existence d'une pièce spéciale de la maison, appelée W-C, où l'on va se soulager ?

Les autres esclaves se méfient de moi, la préférée, et ils évitent de me parler. J'ai peu l'occasion de les croiser. Je passe mes nuits dans la chambre de la *memsaheb* et non dans le dortoir commun. La solitude est bien dure après avoir goûté à l'amitié de Murugan.

Ce qui me fait le plus souffrir est de ne pas pouvoir chanter. J'ai essayé auprès de la vieille dame, avec l'espoir secret de la soigner par la magie de la musique. Loin de se calmer, la *memsaheb* a glapi en retour comme un chacal, dardant sur moi son regard dément.

J'ai de brefs moments de répit, heureusement, quand elle s'assoupit durant la journée. Je cours alors à la cuisine.

Je trie ou j'épluche les légumes que me confie Maina. Mon bonheur est d'accomplir ces tâches dans le jardin, auprès du mainate, en chantant. Il m'écoute, la tête penchée sur le côté, s'arrachant le duvet du cou d'un air pensif. Quand je me tais, il m'offre à son tour quelques pièces de son répertoire : il imite le grincement du robinet d'eau courante, le raclement des pots en cuivre contre l'évier de pierre, les coups du bâton dans le mortier les épices et, bien sûr, les sifflements d'autres oiseaux du jardin.

Des êtres humains il sait reproduire l'appel des vendeurs ambulants et un rire qui me fait sursauter. C'est, à la perfection, le ricanement de la *memsaheb*!

Ce jour-là, le mainate imite deux sons que je n'ai pas encore eu l'occasion d'entendre : le vrombissement d'une voiture et le claquement d'une portière. Maina apparaît sur le seuil de la cuisine :

– Ma fille, laisse les haricots. Va cueillir du jasmin et des giroflées et tresse une guirlande.

J'obéis sans poser de questions. Maina s'affaire de façon inhabituelle dans la cuisine. L'oiseau semble lui avoir annoncé, aussi sûrement qu'un coup de téléphone, l'événement qui se produit, en effet, quelques heures plus tard : l'arrivée du maître.

Quand la vraie portière claque, le soir même, la maison est étincelante, décorée de fleurs fraîches. L'air embaume les épices grillées, le riz blanc, les galettes et les plats de légumes préparés par Maina.

Je n'ai pas encore rencontré Ori Chelhiyan. Quand je suis arrivée ici, il y a quelques semaines, il venait de partir en voyage. Je ne tarde pas à faire sa connaissance : la première chose qu'il fait est de rendre visite à sa mère. Je l'observe du coin de l'œil tandis qu'il lui touche les pieds et lui embrasse le front avec respect. Il rajuste un coussin sur le fauteuil à bascule, défait un paquet enveloppé dans du papier de soie et pose sur les épaules de sa mère un châle de cachemire. L'usurier est un homme déjà vieux. Ses cheveux rares sont plaqués sur le crâne. La peau de son visage est boursouflée et tachée de plaques noires comme les *chapatis* de Maina. Mais il est très bien habillé, les doigts et les poignets couverts de bijoux d'or.

Il quitte la pièce sans m'avoir accordé un seul regard. Comment un homme peut-il se comporter si noblement en tant que fils et mépriser autant ceux qui le servent ?

Chapitre 24

L'usurier n'est pas venu seul. Son cousin de Bombay l'accompagne. Au contraire d'Ori Chelhiyan, personne dans la maison n'échappe à son œil de vautour. Il surgit partout avec autant de sans-gêne que s'il était chez lui.

Adossé au pilier du balcon, il m'observe en train de faire faire à Mme Chelhiyan quelques pas de promenade. Il y a une semaine encore, j'aurais prié pour qu'il trouve insignifiante la petite bonne de sa tante. Aujourd'hui, je souhaite ardemment le contraire. Je calcule chaque geste, afin de paraître plus âgée sous son regard évaluateur.

Mon cœur bat à tout rompre sous mon air tranquille. Depuis une semaine, je me suis préparée à ce moment. J'y ai pensé et repensé, les yeux ouverts dans le noir, allongée sur mon mince matelas de coton. Je suis prête. Il faut que ça marche !

Il y a une semaine, tout a changé pour moi depuis que grand-père est venu me rendre visite. C'était si bon de le revoir ! Voulant s'attirer les bonnes grâces de Maina, il avait apporté du lait, du fromage de bufflonne et de savoureuses graines sauvages pour l'oiseau. Maina m'a autorisée à le faire entrer dans le jardin de la cuisine. Nous

nous sommes installés tous les deux au fond du potager, sur le lit de corde. Grand-père m'a contemplée, ébahi. Il ne me reconnaissait pas après ces semaines passées loin de lui. J'ai grandi et, comme dit Maina, j'ai pris quelques courbes. Je ressemble moins à un fagot tout sec ! Mes cheveux encore courts ondulent en boucles légères. Grand-père m'a dit qu'il voyait à travers moi sa chère Dayita à son arrivée à la maison. Il a murmuré :

— Tu as le même visage en pétale de lotus, la peau lumineuse, le même joli front bombé !

Et il a ajouté avec fierté :

— Mais pour le regard, pas de doute, c'est celui de ton père, sincère et grave.

Grand-père aussi était changé. Sa démarche était hésitante, ses épaules voûtées. Sa confiance intime semblait l'avoir abandonné. Il a pris mes deux mains entre les siennes :

— Durga te bénisse, a-t-il murmuré. Tu seras belle comme ta mère… Et tu dois te montrer aussi courageuse.

Il a ajouté après quelques instants :

— Le frère de l'épicier m'a donné des nouvelles de mon fils.

Elles étaient terribles. Le frère de Semmal avait rencontré Meyyan à Bombay, en effet, deux ans auparavant. Il travaillait dans une pâtisserie, sur ce point la tante n'avait pas menti. Mais il n'avait ni femme ni enfants. Il était seul, devenu aveugle, et il tamisait les farines pour le maigre salaire de sept roupies par jour, qui lui permettaient de ne pas mourir de faim. Il avait été le meilleur ouvrier du patron… jusqu'à ce qu'une bassine d'huile bouillante se renverse sur lui. Il avait encore eu de la chance. Le patron l'avait repris par bonté d'âme quand il était ressorti de l'hôpital, ayant souffert le martyre.

Un silence terrible a suivi les paroles de grand-père. Ce dernier a répondu à ma question muette :

– Meyyan a craint que ta tante ne vous chasse de la maison en apprenant qu'il était invalide. Voilà pourquoi il n'a pas donné signe de vie…

Grand-père a continué sans me regarder :

– Ta tante a fait deux honteux mensonges. Le premier à Semmal, qui a annoncé à ton père que, ta mère et toi, vous étiez mortes… Toutes deux de la même maladie !

« Maman, aide-moi », ai-je pensé de toutes mes forces.

– Et maintenant, vois quel homme est Meyyan, a poursuivi grand-père. Lui qui venait d'apprendre que sa fille et sa femme étaient mortes, il a pensé à protéger son vieux père. Il a supplié Semmal de ne pas parler de son accident, de dire au contraire qu'il était parti aux Émirats gagner de l'argent. Il espérait qu'ainsi ta tante me traiterait avec plus d'égards !

La voix de grand-père s'est brisée. Elle a résonné jusque dans la moelle de mes os avec le second mensonge de tante cobra :

– Ta tante a préféré nous raconter que Meyyan avait fondé une nouvelle famille…

La douleur acide m'avait saisie à nouveau dans ses griffes. Le feu me dévorait l'intérieur du corps. Grand-père, tout proche, ne pouvait m'être d'aucun secours. Même le jardin autour de moi n'existait plus. J'ai lutté seule contre la force de cette colère qui menaçait de me rendre folle.

L'immense vague se rapprochait, prête à me submerger. Au moment où j'allais être emportée, le chant de

Dayita a retenti faiblement à mes oreilles. Je me suis cramponnée à ce filet de voix. Le son devenait de plus en plus clair à travers le tourbillon. La douleur m'a lâchée d'un coup. La déesse Sarasvati m'est apparue. Son visage souriant était celui de maman. Elle était penchée sur un homme aux yeux vides, que j'ai reconnu immédiatement : c'était mon père.

Chapitre 25

Quand je suis revenue à moi, grand-père était à genoux, le visage radieux. Il a désigné le mainate :

— Dayita vient de chanter par le bec de cet oiseau, m'a-t-il déclaré.

Il a ajouté qu'il avait vu la déesse Sarasvati à mes côtés. Il m'a touché les pieds afin d'être investi lui aussi de la grâce divine. J'ai relevé grand-père et l'ai serré contre moi. Avant que nous quittions le jardin, je lui ai chuchoté :

— Grand-père, je vais partir. J'irai à Bombay retrouver papa.

Il m'a dit qu'il le savait. Il m'a bénie, et m'a assuré que, tant qu'il vivrait, il prierait pour ma protection. Il a pris congé de Maina, les mains jointes sur le front, appelant la grâce divine sur elle à plusieurs reprises. J'ai regardé s'éloigner la frêle silhouette, le cœur gros. J'avais la certitude que je voyais grand-père pour la dernière fois.

Depuis ce moment, je cherche comment aller retrouver mon père. Comment me rendre à Bombay, seule, sans argent, moi qui ne suis même jamais allée jusqu'au village voisin ? Je me suis rappelé les paroles de grand-père, à propos du cousin d'Ori Chelhiyan. C'était une chance à saisir. Dès qu'il viendrait dans cette maison, il fallait qu'il me remarque et qu'il veuille m'emmener avec lui à Bombay.

Nous y sommes. C'est aujourd'hui. Le moment est venu et je ne dois pas le rater. Mike Chelhiyan est loin de se douter que la petite esclave s'est préparée à son intention. J'ai pris un citron au jardin et j'ai rincé mes cheveux avec le jus. J'en ai mis une goutte dans chacun de mes yeux, qui étincellent eux aussi, soulignés au noir de fumée. J'ai frotté ma peau d'huile de coco volée à la cuisine et glissé une fleur fraîche derrière mon oreille. Je suis sûre que Mike, adossé au balcon sous prétexte de saluer sa tante, ne perd rien de tout cela.

Le soir, je me glisse hors de la chambre de la *memsaheb*. Je me cache derrière une colonne de la terrasse où dînent les deux cousins. Leur conversation est très ennuyeuse, pleine de chiffres et de propos obscurs, jusqu'à ce qu'enfin Mike parle de cette petite bonne qui s'occupe de la *memsaheb*. Il demande à Ori Chelhiyan quel âge je peux avoir. L'usurier n'en sait évidemment rien. Elle est si frêle, dit Mike, qu'on pourrait lui broyer les os d'un coup en refermant son poing sur elle. Mais sa peau est claire, elle est gracieuse, et elle ne l'a pas regardé sottement comme la plupart, bref, elle a l'air prometteur. Dans un ou deux ans, peut-être, elle ferait une servante convenable au quartier des bordels à Bombay. En ricanant, il recommande à son cousin de me garder sous clé.

Les deux hommes continuent à boire après avoir fini leur dîner. J'attends interminablement que Mike rentre dans sa chambre. Le cœur cognant dans la poitrine, je frappe alors à sa porte. Dès qu'il ouvre, je me faufile à l'intérieur et je débite d'une traite :

— J'ai dix ans. Je suis menue parce que je ne mangeais pas assez chez moi, mais j'ai déjà beaucoup grandi depuis que je suis ici. Laissez-moi vous chanter quelque chose, *saheb*, je vous en prie.

Mike me contemple, sidéré. Ça doit être la première fois qu'une fille de Yamapuram le supplie de l'emmener ! Le temps qu'il reprenne ses esprits, j'ai déjà commencé un hymne à la déesse Sarasvati, dans la plus pure tradition rajasthani. Je le chante de bout en bout sans qu'il pense à m'interrompre.

Mike frotte sa joue rugueuse. Il demande :

— Où as-tu appris à chanter ainsi ?

— Vous allez m'emmener ? je demande en guise de réponse.

Mike continue à se frotter la joue à rebrousse-poil. Il a l'air de chercher, l'esprit épaissi par l'alcool de palme, la façon dont il pourra tirer de moi le meilleur profit.

— Va te coucher, se contente-t-il de dire

Je comprends qu'il s'agit d'un oui.

Chapitre 26

Madurai, État du Tamil Nadu. Cinéma Le Diamant.

Il a fallu que je sois animée d'un grand désespoir, ou d'un immense espoir, au contraire, pour m'élancer ainsi vers l'inconnu, au bras d'un homme aussi effrayant que Mike. Ou peut-être l'espoir est-il sorti du désespoir, comme le lotus surgit, lumineux, de la vase où il plonge ses racines. Depuis quinze jours, peut-être, je vis dans un bâtiment fermé, un cinéma qui appartient à un dénommé Marraq. Je n'ai pas mis le pied dehors depuis mon arrivée, et j'ai perdu la notion du temps. Tout ce que je sais, c'est que je suis partie du village au début du mois de juin. En compagnie d'une trentaine d'autres filles, je subis un entraînement intensif. Le matin, on nous passe dans la salle de projection des extraits de films chantés, qu'on nous fait répéter inlassablement le reste de la journée.

J'ai eu un choc, la première fois que j'ai vu un film sur grand écran. À Yamapuram, je grappillais parfois quelques images sur la télévision de l'épicier. Dans le village voisin, plus grand et plus proche de la grand-route, on donnait des séances de cinéma en plein air, mais je n'ai jamais pu y aller. Les villageois de Yamapuram, en revenant, fredonnaient les airs des parties dansées et chantées du film. Je me contentais de ce pâle reflet.

Et soudain, chaque matin, je me retrouve dans le noir, plongée dans l'émerveillement! Certains films sont en tamoul, d'autres en hindi. Pour la première fois, j'entends d'autres femmes parler la langue de ma mère. Et quelles femmes! Toutes des beautés, en sari de soie aux couleurs exquises, subtilement maquillées, couvertes de bijoux étincelants. Elles chantent et dansent à ravir – de façon souvent provocante, il faut l'avouer – et séduisent des hommes taillés dans la même étoffe de lumière. J'en ai le souffle coupé!

J'écoute avidement les morceaux. Certains d'entre eux m'enchantent. J'y décèle des mélodies de chants classiques apprises avec ma mère. Je retrouve avec plaisir, de film en film, une voix féminine que j'admire entre toutes. Il reste un mystère. Je reconnais cette voix unique, et pourtant l'actrice qui chante n'est pas la même.

J'interroge la professeure qui nous fait répéter les chants. Celle-ci éclate de rire.

– Es-tu ignorante à ce point? Voyons, les acteurs font seulement semblant de chanter! Ce sont des chanteurs qui enregistrent toutes les parties musicales. Lalita Ramesh, celle dont tu parles, est l'une des plus renommées. Elle vient du chant classique mais ne dédaigne pas le doublage des films.

Elle ajoute:

– Fais comme elle, n'épargne pas ta peine! Si tu t'appliques, ils t'embaucheront sûrement à l'industrie du film, là-bas à Bollywood!

Ignorant qu'il s'agit d'une moquerie, je demande où se trouve Bollywood. L'une des élèves s'esclaffe:

— Mais d'où sors-tu, la bouseuse ? Tout le monde sait que c'est à Bombay !

J'insiste :

— Est-ce loin de notre quartier ?

La prof rit à gorge déployée. Le rire se propage parmi les élèves, qui se répètent ma question de bouche en bouche. Je vis un instant de cauchemar : autour de moi des cris de perruche, des braiements d'ânesse, des jappements rauques s'échappent de corps qui se trémoussent. La prof s'essuie les yeux avec un pan de son sari et ordonne le silence. Elle s'adresse à moi :

— Nous sommes ici à Madurai, petite sotte. Réveille-toi donc. Il y a autant de chemin de cette ville à Bombay qu'entre toi, future chanteuse de bar, et Lalita Ramesh !

Elle ajoute pour toute la classe :

— Un conseil, sachez donc profiter de la chance qu'on vous offre. Le mois prochain, vous aurez un cours de danse. On vous apprendra à vous tortiller dans un beau maillot scintillant. Mettez-y du cœur, et vous aurez la belle vie dans les bars !

La prof tape énergiquement dans ses mains.

— Allez, les filles, au travail ! Dites-vous bien que celles qui ne seront pas assez douées pour les bars iront chanter et danser sur le trottoir !

À la pause, je mendie l'information aux autres filles. Madurai est certes une grande ville… mais je n'ai pas même pas quitté l'État du Tamil Nadu !

Cette nuit-là, je tourne et retourne dans ma tête ce nouveau problème. Mike Chelhiyan ne s'est pas donné la peine de me dire où il m'emmenait. Sans notion des distances, j'ai cru naïvement que la voiture, après deux jours de route, était parvenue à Bombay. De Madurai je ne sais rien. Mais quelle importance ? En venant ici, j'avais un plan rudimentaire : fausser compagnie à ceux auxquels je serais confiée, dès que possible. Cette ville n'est pas Bombay. Il faut partir !

Je me repasse le programme d'une journée, explore mentalement les lieux. Ici, je suis bel et bien prisonnière

Chapitre 27

Le projectionniste du cinéma Le Diamant met en place la bobine où sont collées bout à bout les chansons du film *Fanaa*. Il lance la projection. À présent, il dispose d'un peu de temps pour s'éloigner de son réduit, où les lampes de l'énorme appareil produisent une chaleur intenable. L'homme s'empresse de sortir. Il monte l'escalier qui mène à la rue, pousse la porte marquée SORTIE DE SECOURS et coince l'ouverture avec sa sandale. Il soupire d'aise, tant la touffeur moite de l'avant-mousson lui paraît rafraîchissante! Il s'adosse au mur et sort une cigarette *bidi* de son minuscule paquet rose.

Il vient à peine d'expirer une bouffée qu'il entend un cri: «AU FEU!» suivi de hurlements de panique. Une cavalcade retentit dans l'escalier. Les filles débouchent dans la venelle comme des confettis soufflés par le vent. Le projectionniste entend appeler son nom avec hystérie. Il attend que la dernière fille soit passée pour s'engouffrer à l'intérieur, en sens inverse.

C'était moi, la dernière fille. Je jette un coup d'œil à mes compagnes. Elles parlent avec animation sans se soucier de moi. Je m'éloigne dans la ruelle et je disparais en tournant dans une arrière-cour. Par chance, j'y trouve un tas de bois recouvert d'une bâche. Je me glisse dessous. Le cœur battant à m'en déchirer la poitrine, je tire mon bout de sari usé et mon turban du mince paquet de linge serré contre moi. Je les ajuste, les doigts tremblants, de façon à reprendre mon apparence de garçon. La robe que je viens de quitter prend la place de mes vieilles nippes autour de la statuette de Sarasvati.

« Ô reine de lumière, beauté de lune et de jasmin, ton bras divin sur ton instrument, assise sur ton lotus blanc, sur ton cygne blanc, protège-moi, ne m'abandonne pas. » Sans cesser de répéter ma prière, je sors de mon abri et je reprends mon chemin.

J'arrive au bout de la venelle qui donne sur la grand-rue. Devant moi grondent les flots de la ville, aussi tumultueux que ceux d'un fleuve en crue. Je prends une grande inspiration et plonge du côté le plus animé. Plus profond je m'y enfoncerai, mieux ma fuite sera protégée…

Est-ce moi qui progresse avec peine au milieu de l'agitation, des bruits, des parfums sucrés et des puanteurs inconnues ? Ou au contraire suis-je ballottée, entraînée et poussée en avant malgré moi ?

J'avance sans quitter le sol des yeux. Des immondices jonchent le sol. Lambeaux de sacs en plastique, chiffons, épluchures, déchets et excréments, ou, pire, morceaux de ferraille et débris de verre menacent mes pieds nus. Je dois éviter toutes sortes d'obstacles : des passants pressés, des gens plantés là qui bavardent, des étals de marchandises, des voiturettes où bouillonne une marmite de friture ! Sans compter les animaux : une chienne endormie avec ses petits, une vache broutant une écorce de melon en travers de la chaussée…

— Attention, mais il est sourd celui-là!

Le vélo me dépasse, et me heurte avec son guidon. Un tintement grave, au timbre moelleux, a résonné dans l'air moite. Ébahie, je m'aperçois que le vélo tire une banquette où s'entassent une dame voilée et ses trois enfants. Jusqu'ici, j'ai su esquiver les *rickshaws*, qui en sont la version motorisée. J'ai appris leur existence par les films et je les ai immédiatement reconnus dans la rue: montés sur trois roues, surmontés d'une capote jaune et noir, semblables à de gros bourdons. Sauf que leur pétarade est beaucoup plus agressive qu'au cinéma. Leurs klaxons perçants, surtout, déchirent mon oreille, inaccoutumée au vacarme de la ville.

Le temps se dissout tandis que je marche au hasard. J'ai enfilé une rue qui prolongeait la première, puis une autre et une autre encore. La fatigue noue mille petites crispations sur tout mon corps. Malgré tout, je n'ose m'arrêter. Tant que je suis en mouvement, je me fonds dans la ville. Qu'arrivera-t-il si je cesse de marcher?

J'entends avec gratitude les hautbois et les cymbales d'un office religieux. Un temple, enfin! Levant la tête, j'ai le souffle coupé: sur le ciel se détache une façade inouïe, telle une immense pyramide. Je pourrais passer des heures devant sans réussir à énumérer tout ce qui la compose. Il y a des centaines de colonnes et de dieux sculptés dans la pierre, peints de couleurs vives.

Je vois trop tard l'homme courbé en deux sous un énorme sac de jute. Il se dirige droit sur moi en vociférant: «Place, place!» Avant que j'aie le temps de réagir, quelqu'un me saisit aux épaules, m'évitant de justesse d'être culbutée. Je me retourne. Les remerciements que je m'apprête à prononcer restent dans ma gorge. À quelques centimètres des miens brillent des yeux à l'éclat familier. Je suis dans les bras de Murugan !

Chapitre 28

Mon ami m'entraîne avant que je sois revenue de ma surprise. Ensemble, nous franchissons le seuil imposant du temple ; nous traversons une cour dallée de pierre, une forêt de colonnes peintes, arbres sacrés où sont perchés des dieux. Murugan laisse sa paire de sandales dans le tas de chaussures déposées par les fidèles.

Embarrassée, j'essuie la poussière de mes pieds nus sur mes mollets, et gravis à sa suite les marches du temple.

— En ville, il vaut mieux avoir quelque chose aux pieds, remarque Murugan. Tu verras, j'ai des sandales pour toi.

— Pour moi ? dis-je, interloquée.

Mon ami se mord la lèvre :

— Je veux dire, j'en ai une paire trop petite.

L'intérieur du temple est sombre, et si grand qu'il contiendrait dix fois celui de Yamapuram. Des fidèles font la queue avec leurs offrandes. Je reconnais la statue de Vichnou dans le sanctuaire, où s'affairent plusieurs prêtres. Murugan et moi nous asseyons à l'écart, contre une colonne. Il me demande tout à trac :

— Qu'est-ce que tu fais à Madurai ?

— Je me suis enfuie de chez moi. Je veux retrouver mon père…

Je m'arrête là. Malgré ma fierté de m'être évadée de l'école de danse, je ne peux pas en parler à Murugan sans lui dévoiler que je suis une fille. L'idée qu'alors il ne voudrait plus être mon ami est trop terrible. Je ne peux m'empêcher de lui demander :

— Est-ce vraiment toi, Murugan ?

Mon ami sourit de toutes ses dents :

— Mais non, voyons, tu vois bien que je suis le seigneur Vichnou !

Quand je lui exprime à quel point je suis heureuse de le retrouver, il baisse les yeux avec pudeur. Ce mouvement délicat m'en rappelle un autre : le soir des funérailles, quand il a remis la fleur tombée sur le bûcher de ma mère. À mon tour, je lui demande ce qu'il fait ici.

— Je t'avais dit que je partirais du village, un jour, répond-il, les yeux rivés au sol.

— Quand tu serais un homme, précisé-je.

Murugan se redresse comme un jeune coq :

— J'ai presque treize ans, tout de même ! J'ai dû précipiter mes plans, admet-il.

Quand je lui en demande la raison, il me regarde étrangement.

— Je n'avais pas le choix.

Il lisse de la main le sol de pierre noircie :

— Tu sais que mon père préfère mon frère Nambi. Plus je grandis, plus il crie que je suis un bon à rien. Il me frappe pour un oui, pour un non. Ma mère en est malade, et moi, je suis encore plus malade de la voir ainsi.

Je sens qu'il y a autre chose, mais je n'insiste pas. Je m'assombris à l'idée que le bonheur de nous revoir sera de courte durée. Demain, je dois partir à Bombay.

Tristement, je l'annonce à Murugan.

— Ne t'inquiète pas ! Je ne te quitterai pas, promet mon ami. Moi aussi, je veux aller à Bombay. Nous allons faire la route ensemble. Aujourd'hui même, nous irons à la gare.

Je n'en crois pas mes oreilles. Murugan se comporte comme si notre rencontre était prévue ! Il me fait promettre de rester tranquille ici, pendant qu'il ira chercher ses affaires... et s'enfuit. Je n'ose pas bouger. J'aimerais bien aller m'incliner devant Vichnou, mais je n'ai aucun argent pour acheter une offrande au dieu ; et même si j'en avais, je ne sais pas si j'oserais m'approcher. J'observe avec intérêt le ballet des fidèles. Des femmes ont apporté des sucreries préparées chez elles, dans l'espoir que Vichnou et son épouse Lakchmi exauceront leur vœu. Elles en offrent à ceux qui sont présents. Plusieurs d'entre elles, remarquant ma présence, me donnent à moi, de préférence. J'en suis blessée, pensant : « Elles me prennent pour un mendiant. »

Cela ne m'empêche pas de manger avidement les gâteaux. Tous, ils ont déjà le goût du paradis !

II

AVEC OU SANS TURBAN

Chapitre 1

Madurai, État du Tamil Nadu, Inde du Sud.

Murugan slalome dans les rues encombrées de Madurai.
Je le suis comme son ombre. Je trébuche dans les tongs
qu'il m'a apportées, mais j'apprécie leur petit claquement.
Derrière l'épaule de mon ami, la ville ne paraît plus aussi
effrayante. Des pensées et des questions ont même le
temps de surgir, entre deux bonds de côté pour éviter une
charrette ou un *rickshaw*.

J'ignore depuis combien de temps Murugan est arrivé
à Madurai. Je suis stupéfaite de le voir si à l'aise, comme
s'il avait toujours habité en ville. Il s'est déjà renseigné sur
le moyen d'aller à Bombay. Il dit qu'avec le train, si nous
nous y prenons bien, nous pourrons voyager gratuitement, en échappant aux contrôleurs.

Je me demande par quelle coïncidence Murugan, en
quittant Yamapuram, a rejoint la même ville que moi. Je
ne suis pas moins étonnée qu'il m'ait reconnue et suivie,
justement dans la rue où je marchais, alors que cette ville
est immense.

J'attribue ces miracles à l'intervention de maman et de
la déesse Sarasvati.

Il y a plus curieux encore : Murugan a eu l'idée de me passer la figure au noir de fumée. Comme s'il avait eu l'intuition qu'il y aurait un danger à ce qu'on me reconnaisse. Peut-être mon ami est-il un génie envoyé par celles qui me protègent, et non pas un garçon réel ? Le mouvement de tête charmeur qu'il m'adresse : «Je suis là, tout va bien» me paraît pourtant tout ce qu'il y a d'humain.

Et puis, tous les vingt mètres, il demande à un passant la direction de la gare. Un génie n'a pas besoin qu'on lui indique sa direction !

Et voici que la gare apparaît devant nous. La place devant le bâtiment est digne d'un jardin princier, planté de palmiers, avec une belle pelouse et des massifs de fleurs. En entrant, je suis effarouchée par la foule. Des dizaines de personnes campent dans le hall vaste et sonore. Pour accéder aux guichets et aux quais, Murugan et moi devons louvoyer entre les familles assises par terre, les enfants sur les genoux des mères, des vieux qui somnolent.

Nous nous retrouvons sur le premier quai accessible. «Platform 1» indique le panneau en anglais. Murugan se dirige vers un grand évier de pierre. Il attend qu'une dame finisse de remplir sa bouteille en plastique et il appuie à son tour sur le bouton de métal. Il m'offre de l'eau d'un air important, comme si les lieux lui appartenaient.

— Attends-moi ici, ordonne-t-il.

Je hoche la tête. Sur le quai d'en face, un train – mon premier train ! – vient d'entrer en gare, non sans avoir lancé plusieurs appels de corne lancinants.

La locomotive passe avec lenteur. Elle est plus impressionnante que cinquante fois l'unique tracteur que j'aie jamais vu à Yamapuram. Elle traîne derrière elle, par segments, un immense corps de serpent qui n'en finit pas. À travers les fenêtres barrées de fer bâillent, se lèvent, s'agitent les êtres humains contenus dans le ventre de métal. Fascinée, je contemple le flot qui se déverse de l'énorme bête. Une marée humaine envahit les escaliers qui enjambent les voies.

La foule défile devant moi : les hommes d'affaires vêtus d'un costume noir à l'occidentale, les pères de famille en chemise pastel, amoureusement repassée, des enfants gras et gros derrière une mère couverte de bijoux. Des jeunes filles en tunique flottante, la poitrine pudiquement voilée d'un foulard, plaisantent avec de jeunes gens en jeans et tee-shirts imprimés. La tête me tourne d'observer chaque détail de cette foule passionnante. Murugan surgit, accompagné d'un garçon plus âgé à l'air sournois.

— Mallan, voici Meyyan, l'ami dont je t'ai parlé.

Mallan ne se donne pas la peine de me saluer. Il désigne l'horloge ronde suspendue au-dessus du quai et déclare à Murugan :

— Le train pour Kanyakumari est à neuf heures ce soir, quai 4. Je serai là. Donne-moi la moitié de la somme tout de suite.

Murugan sursaute :

— Pour Kanyakumari ? Nous avions dit Bombay !

L'autre ricane :

— Et tu crois que tu arrives à Bombay comme ça, directement ? Il y a d'autres villes avant, mec. Tu pourrais prendre un train qui va à Coimbatore, ou Cochin, il arrivera aussi à Bombay en bout de ligne. Mais moi, je connais le contrôleur du train de Kanyakumari. Alors tu prends ce train-là ou tu te débrouilles tout seul!

Chapitre 2

Mallan ne m'a pas plu.

— Bien sûr que c'est un voyou, me rétorque Murugan. Tu crois que nous avons le choix ?

Nous sommes en train de dévorer deux crêpes de farine de riz et de pois chiches fourrées aux légumes. Elles sont savoureuses, croustillantes à souhait. Je n'ose pas demander à mon ami combien elles lui ont coûté. Quand j'ai décidé de m'enfuir, je n'ai rien prévu, sauf ce que j'allais faire la minute suivante. Maintenant, je réalise que, quand on est hors de chez soi, il faut de l'argent pour se nourrir !

Comment obtient-on de l'argent ? Au village, je n'en ai jamais eu, sauf celui que me confiait ma mère pour acheter de l'huile ou du thé chez Semmal l'épicier. Tout à l'heure, un vieux mendiant est arrivé sur le quai ; il s'approchait de chacun en quémandant. Avant qu'il arrive à notre hauteur, deux policières l'ont chassé avec leur bâton. Est-ce que, moi aussi, je serai obligée de mendier pour manger ?

Murugan se préoccupe de la question autant que moi. Quand nous avons fini de manger, il m'entraîne sur la place devant la gare. Nous enjambons discrètement le grillage qui protège la pelouse et nous courons nous cacher dans un buisson en fleur. À l'abri des regards, Murugan me demande :

— Dis-moi, as-tu emporté un objet de valeur quand tu es parti de chez toi ?

— J'ai une statue et un bracelet qui appartenaient à ma mère !

Je passe la main sous ma ceinture. Après quelques secondes, je réussis à extraire Sarasvati des plis dans lesquels elle est enroulée. Murugan joint les mains devant la déesse. Il caresse le cercle d'or qui, enserré dans une rainure du bois, forme un galon au bas de la robe peinte :

— Est-ce le bracelet ?

Il le regarde de plus près et sa tête balance sur son cou plus vite que d'habitude. D'un ton impressionné, il me confie qu'il a sûrement de la valeur.

— Tu devrais le mettre à ton bras, dit-il, pour ne pas le perdre. Personne ne saura qu'il est précieux si tu enroules un ruban de tissu tout autour.

Je prélève une bande de toile sur mon turban et me mets au travail. Quand j'ai fini, le bracelet, en haut de mon bras, ressemble au cordon que portent les garçons pour mettre leurs biceps en valeur.

— C'est bien, dit Murugan. Maintenant, nous devrions piquer un roupillon. Nous ne savons pas ce qui nous attend dans le train tout à l'heure.

Pendant que nous somnolons, les bruits s'égrènent tout au long de l'après-midi. Le chant lancinant des cigales ; le croassement des corbeaux ; l'appel empressé des conducteurs de *rickshaws*, lorsqu'un train déverse ses passagers sur la place. Le jour décline, salué par le chant des oiseaux.

Un nuage de corbeaux vient prendre ses quartiers sur le plus gros arbre en criaillant sans répit.

Murugan et moi nous postons sur le quai 4 bien avant neuf heures. Là-bas, deux écrans installés en hauteur diffusent des clips et de la musique. Mon cœur bondit en reconnaissant la voix de Lalita Ramesh, dans une chanson que j'ai répétée au cinéma Le Diamant.

Mallan ne tarde pas à nous rejoindre.

– Nous allons monter en wagon-couchettes, quand le train repartira. Vous attendez et vous me suivez, dit-il.

Le train est à l'heure. Ma poitrine se soulève d'émotion. Les deux gros phares jaunes se rapprochent, accompagnés du mugissement déjà familier. Les fenêtres défilent, petites boîtes éclairées où l'on voit les gens manger, dormir ou se préparer à descendre. Des voyageurs se découpent dans l'encadrement des portes, que l'on ouvre à son gré pendant la marche. Le train s'immobilise dans un grincement majestueux.

Chapitre 3

Au moment où le train s'ébranle à nouveau, Murugan et moi nous hissons derrière Mallan dans une voiture couchettes. Notre guide marche entre les rangées de banquettes d'un pas décidé. Quand j'ose risquer un coup d'œil sur les voyageurs, je remarque leurs airs réprobateurs. « Ces orphelins malpropres et déguenillés n'ont rien à faire ici », signifient-ils clairement.

Par réflexe, je rentre le cou dans les épaules. Mais je me redresse aussitôt. Qui devrais-je craindre à présent ? Je ne dépends de personne d'autre que de moi-même. Au village, je devais obéissance à tante cobra, parce que j'habitais sous son toit. À présent, je n'ai plus de maison. Le ciel est mon unique toit. Je décide que, désormais, je ne rendrai plus de comptes qu'à ma mère et aux dieux. Le chemin sera long vers mon père. Si je veux y arriver, rien ne doit m'effrayer ! À cette pensée, je me sens déterminée.

Nous sommes parvenus au bout du wagon. Mallan tente d'ouvrir une porte sur le côté, puis une autre. Elles lui résistent toutes les deux. Nous traversons un nouveau wagon et il pousse une porte semblable qui s'ouvre, cette fois. Mallan nous fait entrer avec lui dans une pièce minuscule. Il verrouille la porte à l'aide du loquet.

Il éclate de rire en découvrant notre mine :

– Et alors? Vous n'avez jamais vu de toilettes de train?

Murugan et moi ouvrons de grands yeux sur les commodités en acier inoxydable: deux petites marches quadrillées de chaque côté de l'évacuation. L'orifice donne directement sur la voie! En face, le petit lavabo, muni d'un miroir, nous émerveille. Lorsqu'on maintient vers le haut l'anneau cannelé du bec, l'eau coule automatiquement du robinet!

Mallan s'accroupit sur les marches jumelles, à la mode des hommes de la campagne, et pisse sans façon devant nous. J'ai juste le temps de me détourner, soudain intéressée par un graffiti sur la paroi de la porte. Mais mon épreuve ne s'arrête pas là.

– À ton tour, me commande le garçon en se reculottant.

Il le prendra très mal si je refuse. Se soulager la vessie en compagnie semble faire partie du pacte de confiance.

Avant que j'aie le temps de réagir, Murugan me dissimule aux yeux de Mallan en se plaçant devant moi, dos à la cuvette. Je m'accroupis derrière lui, les jambes flageolantes. Comme le jet de mon urine tarde à faire tinter la paroi d'acier, Mallan ricane:

– La peur te coupe l'envie, hein, froussard!

Il essaie de s'adresser à moi par-dessus l'épaule de Murugan mais celui-ci le repousse des deux mains:

– Combien de temps vas-tu nous faire rester enfermés? gronde-t-il.

Mallan se frotte le dos, se plaignant d'avoir la poignée de la porte incrustée dans la peau, tellement Murugan y a été fort. Après avoir mesuré son adversaire du regard, il choisit d'en rester là. Murugan est d'une taille supérieure, musclé et bien nourri... Et en plus, mon ami insiste :

— Alors, combien de temps ?

— Aussi longtemps que le contrôleur ne sera pas passé, répond Mallan. Si vous voulez sortir, allez-y, on vous jettera sur le quai à la prochaine gare, ajoute-t-il d'un ton hargneux.

Je me suis tirée de mon épreuve à mon grand soulagement. Tandis que je me passe les mains à l'eau, Murugan s'accroupit à son tour sur la cuvette. Il sauve l'honneur en faisant entendre sans tarder un jet puissant.

L'attente commence. Désireux de reconquérir sa supériorité, Mallan étale sa science :

— Quand on s'y connaît, le train, c'est une maison, un restaurant, et divers moyens de gagner de l'argent. Un train, c'est comme un chien, et nous, nous sommes ses puces, résume-t-il avec superbe.

Murugan et moi nous jetons un regard en coin, résistant à notre envie de rire. Mallan continue :

— Tout à l'heure, l'employé va passer avec les plateaux-repas. Quand ils ont fini, les gens laissent leur plateau sous la banquette. Et là, nous, on se régale avec les restes.

Il me désigne d'un coup de menton :

— C'est Meyyan qui ira, ce soir. Avec sa taille de souris, il passera facilement à quatre pattes sous les banquettes.

— Sans problème !

J'ai répondu avec assurance, du ton le plus viril possible. Je suis récompensée par la fierté dans les yeux de Murugan.

112

Chapitre 4

Kanyakumari, État du Tamil Nadu. Gare ferroviaire.

À la gare de Kanyakumari, les oiseaux saluent l'aube à grand bruit dans la chaleur saturée d'humidité. Il est l'heure pour tous ceux qui campent de dégager les lieux, qu'ils soient voyageurs ou sans abri. Le hall, semé de corps allongés, se soulève çà et là comme l'eau quand le vent se lève. Des mères de famille replient les draps, allaitent leur bébé et refont leur tresse, laissant les autres enfants dormir quelques instants encore. Un vieux mendiant arrange sans fin les plis de son *lunghi* grisâtre. Chacun s'asperge le visage au lavabo du quai, se gargarise et crache avec autant de naturel que s'il était seul dans sa salle de bains.

Il y a une minute, je dormais à poings fermés. Murugan m'a secouée doucement. Notre train est arrivé ici, à Kanyakumari, à quatre heures du matin. «Il ne va pas plus loin», nous a dit un employé, nous poussant sur le quai avec son balai. De Mallan plus une trace. Nous nous sommes retrouvés dans le hall de cette gare inconnue, pleine de gens endormis. Nous les avons enjambés sur la pointe des pieds et nous sommes allongés dans le premier espace libre.

Murugan me tend un gobelet de carton rempli de thé brûlant. Il annonce d'un air sombre :

— Mallan nous a menti, Meyyan.

— Je sais, dis-je tranquillement. Ce n'était pas le bon train, et nous sommes encore loin de Bombay.

Mon ami balance légèrement la tête :

— Plus loin encore que tu ne crois. Sais-tu où est Kanyakumari ?

Je hausse les sourcils. Murugan étend sa main gauche.

— Regarde ma main ; c'est l'Inde. Tout autour, il y a la mer, OK ?

Murugan effleure l'ongle de son majeur :

— Nous sommes ici, au bout du bout de l'Inde. Si tu veux aller plus loin, tu tombes dans la mer. Bombay est à l'opposé. Ici.

Il désigne un point au-dessus de la jointure de l'index.

— Le marchand de thé vient de me l'expliquer. Nous n'avons rien à faire dans cet endroit !

Je frémis. Le tas de chiffons, à côté de moi, se dresse comme un serpent hors de son panier. Il devient forme humaine. Une créature incroyablement maigre, au sexe indéfini, darde sur nous des yeux hallucinés :

— Rien à faire ici ?! Misérables mécréants, c'est Dieu qui vous y a amenés !

Nous nous faisons tout petits. Levant son doigt osseux, l'illuminé profère :

— À cet endroit béni planent les âmes de trois immenses Indiens. Tiruvalluvar, le poète, Vivekananda, le moine, et Gandhi, le libérateur !

Muragan et moi détournons les yeux, espérant nous faire oublier. L'étrange personnage se tait en effet. Une seconde. Après quoi il reprend de plus belle :

— À cet endroit sacré se mélangent les eaux du Bengale, l'océan Indien et la mer d'Arabie !

Murugan saisit ma main. Ensemble, nous reculons, lentement d'abord, puis nous détalons. La voix nous poursuit dans notre course :

— À cet endroit se réalise tout vœu sincère prononcé au soleil levant !

Nous filons à l'abri derrière l'entrée de la gare. Qu'allons-nous faire maintenant ? Pour Murugan, c'est simple : il nous faut trouver de l'argent pour manger, nous payer le train ou le bus vers Bombay. Comment ? Aussi simple : en chantant !

— Ce fou nous a au moins appris quelque chose, dit-il. Kanyakumari est une ville touristique. Nous allons chanter à l'abord des lieux de visite !

Je lui fais un sourire d'approbation. Pour moi, il est évident que les dieux parlent par la bouche de ce fou : une bonne étoile a dû nous amener ici.

De fait, quand nous y entrons, la petite ville nous offre un visage aimable. Il y règne une ambiance de pèlerinage bon enfant. En plus, il est facile de se repérer, avec l'immense statue de Tiruvalluvar et le bord de mer. La mer ! Murugan et moi la voyons pour la première fois. Nous la contemplons avec un respect mêlé d'effroi. Elle est d'une tout autre nature que la rivière de notre village. Aussi différente qu'une déesse l'est d'une femme ! Aujourd'hui calme et paisible… Mais hier, ses eaux se sont soulevées sur toute la côte. Elles ont fait, ici, tant de morts qu'on n'a pas su les compter !

Chapitre 5

Près du temple de Parvati, nous découvrons la plage où les gens viennent en famille manger et se détendre. Pour quelques roupies, on achète aux marchands ambulants des cornets de pois chiches épicés, on fait un tour sur les balançoires ou une promenade sur un vrai cheval. Nous y ajoutons une nouvelle attraction : des hymnes classiques en hindi chantés et rythmés par deux jeunes garçons. Ils forment un contraste amusant, l'un frêle à la peau claire, enturbanné, l'autre plus solide, aux cheveux drus, sombre comme un grain de café.

Nous avons assez de succès pour gagner quelques roupies. Le soir, en nous rendant au temple, nous économisons encore l'argent d'un repas, grâce aux offrandes de nourriture distribuées par les fidèles.

Nous nous mettons en quête d'un endroit où dormir. Une barque retournée sur la plage, au village des pêcheurs, nous semble l'abri idéal. Avant de m'endormir, je chuchote à Murugan :

— Le premier réveille l'autre avant l'aube !

Aucun de nous n'a ce plaisir. La nuit est encore noire qu'une litanie tonitruante nous tire du sommeil. Les haut-parleurs des temples hindous et ceux de l'église Sainte-

Marie font un concours, à qui grésillera le plus fort. Nous nous glissons hors de notre abri. Une voix nous fait sursauter :

— Dites donc, les vagabonds, cette barque est à mon père. Vous me devez cinq roupies pour la location !

Comme Murugan fouille dans ses poches, un adolescent s'approche de lui :

— Range tes sous, jeune sardine, je vous taquinais !

Il rit, ses dents brillant dans l'obscurité.

— Celui qui confie son corps à une barque possède l'âme d'un marin, déclame-t-il. Croyez-vous être les premiers pèlerins à profiter de la fraternité des pêcheurs ? Venez vous baigner. Dans la chaleur d'avant-mousson, c'est là que l'eau est la plus délicieuse !

Nous nous empressons d'obéir à l'inconnu. Je déchante en voyant les deux garçons retirer leurs vêtements et plonger dans l'eau, nus comme deux soleils. Après un instant d'hésitation, je retire ma chemise et mon turban, ajustant mon *lunghi* bien serré autour de ma taille.

L'adolescent se moque de moi en me voyant entrer ainsi dans l'eau :

— Oh, la chochotte, il se baigne tout habillé, comme une fille !

Il se précipite sur moi, voulant m'arracher mon *lunghi* par jeu. Murugan s'interpose :

— Ne touche pas à mon frère ! lui crie-t-il.

Profitant de la surprise de l'assaillant, il lui enfonce la tête sous l'eau. Ce dernier réapparaît bientôt, crachant et toussant. Il se met à poursuivre Murugan. Les deux garçons s'amusent ainsi un bon moment pendant que je barbote à l'écart, prenant soin de sortir avant qu'ils aient fini.

Un groupe d'hommes est apparu sur la plage. Ils tirent ensemble l'une des grandes barques. L'adolescent prend congé de Murugan. En passant, il me tape sur l'épaule avec gentillesse :

— Ton frère a eu raison de te défendre ; une crevette pareille, je l'aurais noyée d'une pichenette !

Avec Murugan, nous quittons le sable pour la digue et progressons sur les blocs de pierre inégaux. C'est la salle de bains des villageois ; au-dessous de nous, à ras de l'eau, l'un se brosse les dents, un autre vide un seau. Un troisième fait ses besoins, tirant sur son *bidi*, les yeux errants sur l'horizon. Nous avançons jusqu'au bout de la jetée et nous nous asseyons sur un endroit plat. À quelques mètres de nous, sur la mer, la barque de pêcheur s'éloigne. Notre nouvelle connaissance, à son bord, nous salue de la main. Nous contemplons le bout du monde et son ciel rouge. Les vagues clapotent contre la pierre ; la brise passe ses doigts frais dans nos cheveux.

Je me racle la gorge :

— Tu connais mon secret.

Murugan ne me répond pas. Mais ce n'était pas vraiment une question, et puis j'ai prononcé ces mots à mi-voix. Je suis soulagée à l'idée qu'ils aient été dispersés par le vent et les clapotis de l'eau.

Murugan rompt le silence. Il annonce tranquillement :

— Que tu es une fille ? Je le savais avant de te retrouver à Madurai !

Chapitre 6

Murugan me confie :

– Le jour où tu es venue chez moi, au village, j'étais si honteux du comportement de ma mère que je me suis juré de ne plus jamais te voir.

Il fait la grimace.

– À la longue, j'ai compris que j'étais un idiot. Parce que tu étais le premier ami que j'aie jamais eu.

Il joue avec un morceau de cordage en Nylon ramassé sur la digue.

– J'ai cherché mon ami Meyyan, mais il avait disparu. Alors je suis sorti du quartier des hors-caste, sous tous les prétextes. J'ai laissé traîner mes oreilles dans l'espoir d'apprendre quelque chose à ton sujet. Et c'est là que j'ai su.

Murugan sépare un à un les brins de Nylon bleu :

– Chez l'épicier, ils parlent d'une fille que sa tante traite comme une esclave. Un jour, cette méchante femme lui a rasé la tête. Et, pour finir, elle l'a placée comme bonne chez l'usurier.

Murugan refait la tresse, serrant avec méthode les brins entrelacés :

– Un après-midi, sous l'arbre de pluie, trois buffles sont venus chercher de l'ombre après leur bain dans la rivière. Le vieil homme qui les gardait ne m'a pas chassé. Nous avons parlé.

Murugan ne nomme pas grand-père, il sait que je l'ai reconnu. Il caresse son morceau de cordage du bout du doigt:

— Il m'a appris ce qui devait se passer pour toi. Dans mon quartier, beaucoup connaissent les combines de Mike Chelhiyan. Le lendemain, à l'aube, je suis parti à Madurai en prenant tout l'argent que j'ai gagné quand je travaillais avec mon père. Une fois là-bas, j'ai demandé le cinéma Le Diamant.

Murugan lève la tête vers moi:

— Quand je t'ai aperçue dans la rue, j'étais là depuis plusieurs jours. Je faisais des petits travaux pour les commerçants et j'essayais de me renseigner sur ton «école».

Je lui rends son regard:

— Et quand j'ai réussi à m'enfuir, tu as surgi, magnifique comme le dieu Murugan, juste au bon moment!

Tous deux nous restons silencieux. Une tache de feu apparaît sur la ligne entre la mer et le ciel. Je songe qu'au moment de nos retrouvailles mon ami m'a caché qu'il était sur les lieux pour me protéger. Il m'a traitée en garçon, pensant que je serais gênée qu'il sache mon secret... Farouche Murugan, susceptible Murugan; Murugan, le rebelle au cœur tendre! Soudain, je sais quel souhait je vais exprimer devant la lumière qui vient de naître au bout de l'Inde. Je tends la main à mon ami:

— Que ton vœu se réalise, dis-je gravement.

— Que ton vœu se réalise, lui aussi, réplique Murugan en prenant ma main dans la sienne. Sa voix est rauque. Il détourne la tête et se passe la main restée libre sur le visage. L'indiscret soleil du bout du monde fait briller l'émotion sur ses doigts.

La mer délivre en douceur sa boule de lumière. J'hésite et communique mes scrupules à Murugan. A-t-il le droit de quitter sa famille, lui qui a la chance d'en avoir une? Son devoir est de protéger ses sœurs, non une étrangère qui n'est même pas de sa caste! Murugan écoute sans broncher. Quand j'ai fini, il dit seulement:

– L'idée de partir, je l'ai depuis toujours. J'ai pris ma décision, moi aussi, et je l'ai prise seul. Toi, tu as été l'étoile qui se lève à l'horizon, comme ce soleil, et indique la direction au voyageur. Rien de plus.

Il s'anime soudain d'un geste vif:

– Les trois grands hommes qu'on célèbre dans cette ville, crois-tu qu'ils ont obéi à leur famille ou à leur village? Chacun d'eux a suivi sa conviction avant tout. Pour cela, les pèlerins viennent de partout honorer leur mémoire!

Je tressaille. Il a raison. Et ma mère? Elle a agi comme ces sages. C'est grâce à elle que je suis là aujourd'hui, survivante de l'éternel acharnement contre les filles.

Je serre la main de Murugan, aussi fort que je suis d'accord avec lui. Le monde a besoin d'obéissance, mais également de désobéissance. D'obscurité, comme de lumière…

Le soleil monte dans le ciel. Le jaune et le bleu avalent la plus légère trace de rose. L'heure de la méditation est passée; dans les maisons, on lave, on épluche et on cuit; sur la mer, on tire les filets. Nous nous levons et retournons vers la terre, discutant avec animation de l'organisation de notre voyage.

Chapitre 7

Nous remontons la rue touristique. Je ralentis devant le vendeur de DVD. La première fois que nous sommes passés, le haut-parleur diffusait la voix que j'aime entre toutes : celle de la grande chanteuse Lalita Ramesh !

Sur la plage aux attractions, des enfants en tunique blanche se poursuivent autour de leurs mères en saris orange et vert. Le cheval maigrichon du tour à cinq roupies transporte un petit bonhomme intimidé. Son père tient la main du garçonnet en marchant à côté.

Quelqu'un occupe la place où nous chantions hier : un montreur de singe. L'animal danse au rythme d'un tambourin. Il est joliment vêtu d'une veste à boutons dorés et d'un pantalon bouffant. Ses mimiques et ses cabrioles ont un franc succès.

Quand nous commençons à chanter, installés quelques mètres plus loin, le macaque échappe à son maître et nous rejoint en trois bonds. Devant nous, il joint les mains dans une attitude de prière et se met à se balancer ainsi qu'un cobra hypnotisé. Les badauds amusés s'attroupent autour de nous. Le montreur s'approche, lui aussi. Il écoute parmi les autres, sans faire un geste pour reprendre son compagnon.

J'achève une ode à Sarasvati, accompagnée en rythme par Murugan. Je sens ma bouche s'assécher. Une chaleur moite pèse sur mes épaules. Les nuages ont couvert le soleil de l'aube et s'accumulent, de plus en plus sombres. Ce n'est pourtant pas le moment de m'arrêter quand nous avons la chance d'avoir un public. Je jette un coup d'œil à mon ami, m'assurant qu'il est prêt à se lancer avec moi dans l'une de nos improvisations. Murugan frappe une nouvelle cadence.

Je pose ma voix sur ce rythme tout en douceur : je désire imiter la façon insidieuse dont les nuages ont envahi le ciel depuis ce matin. Je rends le son plus présent et les auditeurs auront l'impression de l'avoir toujours entendu. Oscillant alors entre les notes les plus graves, je tente de rendre l'impression du moment, cette humidité qui s'amoncelle sans se répandre. Murugan ralentit la cadence, accentuant l'effet. Quand il est à son comble, mon ami accélère brusquement. Il suggère le rythme de la pluie, produisant des bulles de son qui éclatent entre ses lèvres, sa langue et son palais. *Ploc, takataka dhin, ploc, takataka dhin, ploc…* Effrayé, le singe rejoint en deux bonds l'épaule de son maître. Ce dernier, beau joueur, lance avant de s'éloigner une pièce sur le mouchoir étalé à nos pieds.

Le reste de notre public déserte à son tour ; le ciel s'est obscurci dangereusement. Un flash de lumière aiguë zèbre le ciel, suivi d'un coup de tonnerre fracassant. Pan !

Là-bas, le cheval se cabre en hennissant. Le hurlement du petit cavalier vrille l'air. Son père le rattrape au vol. Le licou échappe des mains du propriétaire. La monture s'enfuit en faisant de brusques écarts, dispersant la foule sur son passage. Elle fonce droit sur nous !

Murugan me ramène derrière lui, me faisant un rempart de son corps :

— Ne bouge pas, souffle-t-il.

Sa feinte de paysan réussit. Le cheval nous évite au dernier moment. Il descend le talus de sable vers la mer, l'effritant de ses sabots. Peu désireux de prendre un bain, il trotte le long de la plage.

Le sac de pluie a crevé d'un coup. Une trombe d'eau s'abat sur les familles et les mendiants, les pique-niques, les jeux étalés des voyantes, les étals de coquillages, les vendeurs ambulants.

Tel Yama, le dieu de la Mort, la pluie nous arrose tous sans discrimination. Mais, contrairement à Yama, elle était attendue avec impatience. Depuis plusieurs jours, les nuages grossissaient, des roulements grondaient. Un vague éclair zébrait le ciel, une goutte d'eau se matérialisait. On espérait la deuxième... qui ne tombait jamais. L'Inde tout entière était suspendue à ce bout de la péninsule par où arrive la pluie. Le pays peut se réjouir : la mousson vient de commencer.

Chapitre 8

Nous courons nous abriter au temple. J'essore mon turban et je l'étends sur mes épaules pour le faire sécher. Je secoue mes cheveux. Ils ont repoussé et tombent en boucles sur mes oreilles. Depuis mon départ, j'ai encore grandi. Parfois, je m'étonne moi-même ; j'accomplis certains gestes avec plus d'assurance. Je revois ma mère faire les mêmes, précis et ronds à la fois. Est-ce que ma façon d'être pourrait trahir mon véritable sexe ?

Je surprends sur moi les yeux de Murugan, adossé contre notre colonne favorite. Il détourne aussitôt le regard. Malgré moi, j'ai eu le temps d'y lire ce qu'il avait de flatteur.

Je dis d'un ton décidé :

– Je dois me raser à nouveau la tête.

Murugan a un mouvement involontaire, comme s'il allait crier : « Non, attends encore un peu ! » Il se reprend aussitôt :

– Tu as raison, dit-il. Sans ton turban, nous n'arriverions jamais jusqu'à Bombay. Que ton visage est celui d'une fille, ça crèverait les yeux de tout le monde.

Il se force à plaisanter :

– Ta mère enceinte de toi a dû se gaver de graines de

lotus confites et de lait aux amandes, pour produire un ovale aussi parfait et des traits aussi délicats! Elle n'avait pas prévu une chose, c'est que tu devrais traverser la moitié de l'Inde sans te faire remarquer...

Le vertige me prend à l'idée de la difficulté de notre voyage. Deux petits paysans sans le sou en route vers la capitale de l'Inde du Sud!

Je demande à Murugan combien nous venons de gagner. Il plonge la main dans la poche de son short, à la recherche de son mouchoir. Il le dénoue et nous nous penchons sur notre recette. Il y a des pièces et même un billet de cinq, donné par une dame qui en distribuait sur la plage à tous les nécessiteux. Douze roupies en tout! Je m'exclame :

– *Arré*, une vraie fortune! Et ça, qu'est-ce que c'est?

Murugan vient de me tendre un minuscule paquet laissé par un touriste étranger. Il est rond, à l'odeur délicieuse. Je défais avec soin le papier plissé et donne un coup de dent à ce que je prends pour une sucrerie. Après moi, Murugan fait la grimace et recrache. Il éclate de rire :

– C'est du savon! Du savon parfumé de luxe!

Je désigne l'eau qui se déverse avec bruit dans la cour du temple et m'écrie, enthousiaste :

– Allons nous laver!

Je confie à un vieux prêtre mon turban où sont noués mon argent et la statuette de Sarasvati. Sur la plage du temple, Murugan et moi nous laissons tremper par la pluie. Nous frottons avec vigueur notre corps et nos habits avec ce que mon ami appelle le «savon touristique». Rincés à neuf, nous allons retourner au sec quand deux adolescents se précipitent sur nous :

— Les voilà! crie l'un d'eux.

Il me jette d'une bourrade dans le sable mouillé. Murugan s'élance, aussitôt maîtrisé par nos agresseurs. L'un lui fait une clé de bras derrière le dos. L'autre hurle que nous devons payer pour avoir chanté sur leur territoire. Murugan, des larmes de douleur dans les yeux, prend l'air idiot pour gagner du temps. Je me rappelle alors ce que nous a confié Mallan, le gamin errant qui nous a conduits jusqu'ici :

— Dans une ville, où que tu ailles, tu trouveras des racketteurs déjà en place. Tu dois les payer pour travailler, même si c'est pour ramasser les déchets; payer pour mendier, et même payer ta place sur le trottoir pour dormir!

Murugan roule des yeux, simulant la peur :

— Nous avons tout dépensé pour manger, s'écrie-t-il.

Les autres le traitent de menteur. Ils entreprennent de le fouiller, glissant avec peine les mains dans les poches mouillées de son short. Là-bas, les pèlerins font leurs ablutions rituelles sur le rivage. Je me relève et file vers eux à la vitesse de l'éclair.

Par chance, l'un d'eux me reconnaît; il nous a entendus chanter tout à l'heure, Murugan et moi. Il accepte de venir m'aider. Je lui embrasse la main, et j'en profite pour le tirer afin qu'il se dépêche. Il marche d'un pas lourd, dû à sa corpulence. Une épaisse moustache noire ainsi que les marques de Shiva tracées à la cendre sur son front lui donnent un aspect redoutable. Quand nous arrivons, les racketteurs sont en train de rosser Murugan avec tant de cœur qu'ils ne font pas attention à nous. Le pèlerin plaque la main sur l'épaule du plus âgé, le faisant plier sous le poids.

— Venez avec moi au poste de police, ils régleront cette affaire, fait-il d'une voix forte.

Le jeune homme se dégage d'un coup sec. Il détale, suivi de son acolyte qu'on dirait tiré par une ficelle. L'homme se tourne vers nous :

— Je vous ai entendus chanter ce matin, nous confie-t-il. Vous savez les hymnes sacrés, vous êtes de bons petits hindous. *Ram, Ram !* Ce n'est pas comme ces voyous de musulmans qui ne vont pas à l'école et sèment le désordre !

Il s'en retourne à ses ablutions, en nous recommandant de ne pas manquer la rentrée des classes.

Murugan se tâte pour voir s'il n'a rien de cassé. Je le regarde anxieusement.

— Il est temps que nous partions d'ici, fait-il avec une grimace.

Je passe mon bras autour de sa taille, et nous repartons en clopinant.

Chapitre 9

L'aube se lève à peine sur la route qui mène à la gare routière. La pluie tombe. Ce n'est plus la draperie drue de la veille, mais une mousseline fine et silencieuse.

Les grenouilles coassent à plein gosier dans les flaques des bas-côtés. Un coucou koel, invisible au milieu des feuillages, tente de leur couper la parole à coups de sifflet énergiques. Nous marchons en silence, humant l'air chargé d'odeurs de plantes. Mes cheveux coupés à ras picotent mon crâne sous le turban. Hier soir, j'ai confié ma tête à l'un des coiffeurs en plein air qui œuvrent le long du mur du marché, à la lueur des lampadaires. Je n'ai rien demandé à Murugan, prélevant une pièce sur les roupies nouées dans le pan de ma chemise.

Les pensées de mon ami suivent un tout autre cours.

— J'aimerais bien savoir l'hindi, moi aussi, déclare-t-il tout à trac. Comme ça, quand nous serons à Bombay, j'irai au cinéma, et je comprendrai tout !

— *Kya bolti tu ?* répliqué-je sans attendre.

Murugan me regarde d'un air interrogateur.

— Je t'ai demandé : « Que dis-tu ? » en hindi. Tu vois, je commence déjà à te l'enseigner !

Je lui lance un regard en coin avant d'ajouter :

— Pourquoi dis-tu «J'irai au cinéma»? Pourquoi pas «*Nous* irons au cinéma»?

Murugan secoue la tête, faisant s'envoler une mèche noire comme l'aile d'un corbeau:

— Tu es folle? Ce n'est pas la place d'une fille, au cinéma. Pas d'une fille convenable, en tout cas.

Murugan a bien des idées de péquenaud, en ce qui concerne la façon dont une fille doit se tenir. Je demande pour le taquiner:

— Même si je suis déguisée en garçon?

— Réfléchis, sotte que tu es, gronde Murugan. Être déguisée ne te protégera pas d'être pressée parmi tous ces garçons comme une chèvre au milieu d'un troupeau!

Je réplique du tac au tac:

— C'est toi qui es sot, et un sot bouseux, par-dessus le marché. En ville, c'est différent. Ne te rappelles-tu pas comment se tiennent les gens, à Madurai? Il y avait même des couples qui se donnaient la main!

Murugan fait siffler sa langue contre son palais en signe de désapprobation. Je claque la mienne en retour. Un morceau tout spécial est improvisé. Un morceau syncopé, cliquetant, belliqueux: un morceau de chamaille. Un silence boudeur suit, jusqu'à ce que le détour de la route nous offre une diversion. Un marcheur nous précède à quelques mètres. Sur son épaule, une silhouette s'agite et pousse de petits cris.

— Le montreur de singe! murmuré-je.

Nous le rejoignons. L'homme répond aimablement à notre salut. Il parle le tamoul avec l'accent hindi. Son nom est Sundar. Il a appelé son singe femelle Satya, non sans humour. *Sundar* et *Satya* signifient respectivement, en langue hindi, «beauté» et «vérité».

— Cela prouve que ces deux-là peuvent coexister, dit en riant le montreur de singe.

Pendant que nous cheminons ensemble, il répond volontiers à notre curiosité sur sa vie errante. Sundar est né dans une famille riche du Nord. Son père a voulu le former à prendre sa succession, mais lui a décidé de partir sur les routes.

— Je voulais rencontrer la vérité, affirme-t-il.

— L'avez-vous trouvée? lui demandé-je.

Sundar garde le silence. Puis, il raconte :

— Il y a deux ans, en plein été, je marchais en direction d'une ville. Je n'avais pas mangé depuis deux jours, j'étais assoiffé et fiévreux. Je ne comprenais pas ce que je faisais là ni pourquoi j'étais parti. J'imaginais le chagrin de ma mère, qui devait se faire tant de souci pour moi! J'ai alors entendu une plainte aiguë, qui était comme l'écho de ma propre peine. Elle provenait de la route elle-même. Sur le bitume vibrant de chaleur, gisait le cadavre d'un singe femelle, sans doute renversé par une voiture. Dans ses bras, un bébé ouvrait de grands yeux terrorisés: c'était Satya. Je suis devenu sa mère, et elle, mon compagnon de route!

J'écoute Sundar avidement. Ses manières urbaines et son accent hindi me rappellent ma mère. Pour Murugan, au contraire, l'histoire de l'inconnu est si choquante qu'il hésite à la croire. N'y tenant plus, il finit par demander à Sundar comment il a pu manquer ainsi de respect à son père. Lui qui avait la chance d'être né dans une caste supérieure, comment a-t-il pu se dérober au devoir qui lui incombait et refuser l'héritage qui lui revenait?

Je rappelle mon ami au respect d'un coup de coude. Loin de se fâcher, Sundar sourit. Il reconnaît humblement qu'il est un très mauvais fils. Rien n'aurait pu l'empêcher de partir, c'était son karma ; mais il prie souvent pour ses parents et ses frères et sœurs.

À la gare routière, Sundar nous offre le thé au lait épicé d'une échoppe. Murugan l'interroge sur le meilleur trajet pour aller à Bombay. Sundar est un spécialiste des bus les moins chers, où l'on voyage, assis sur le toit, pour une poignée de roupies. Nous voyant l'écouter avec attention, il comprend que nous sommes peu familiers des transports.

— Faites donc le voyage avec moi jusqu'à Mysore, dit-il. De là, vous aurez un train pour Bombay !

Chapitre 10

Les jours suivants, nous avons l'impression de vivre plusieurs vies. Sur le toit d'une demi-douzaine de bus, nous nous faisons griller par le soleil, arroser par la pluie, ensevelir de poussière et égratigner par les arbres du bord de la route.

Nos voisins nous offrent à l'occasion une banane ou la chair d'une noix de coco. D'appétissants pique-niques sont engouffrés sous notre nez par des compagnons de voyage moins généreux. Nous détournons alors les yeux et dégustons les couleurs de la campagne : jaune des champs, mauve des collines, rouge de la terre, vert des arbres, miroitement argenté des rizières.

Quand nous entrons dans un village, je sens Murugan, comme moi, traversé de nostalgie. Le geste adroit du potier, l'odeur de galette chaude échappée d'une terrasse, l'ombre attirante du banian… Tout cela était notre vie il y a si peu de temps encore !

Quand le bus arrive en ville, nous découvrons au contraire ce qui nous attend demain. Tout y est accéléré, assourdissant. Dans le vacarme, j'attrape parfois au vol la voix mélodieuse de Lalita Ramesh, échappée d'une boutique. Et alors, quel délice !

Le troisième jour, le bus essuie un orage terrible. Là-haut, sur le toit, nous avons beau nous protéger avec des bâches de plastique, l'eau est plus forte que nous. Trois minutes suffisent pour nous transformer en éponges. Les chanceux assis dans le bus, alors que la pluie a cessé, voient encore tomber des trombes d'eau devant la fenêtre lorsque nous essorons nos habits!

Dommage que le chauffeur ne puisse pas faire pareil avec la route. Elle disparaît à certains endroits dans de grandes flaques couleur café au lait. Nous continuons notre chemin, les roues du bus giclant dans la boue, jusqu'à un village. Cette fois, obligation de s'arrêter. La rue principale est devenue un lac : plusieurs échoppes ont baissé leur rideau de fer, où l'eau arrive jusqu'au tiers. Une terrassière passe, un lourd panier de cailloux sur la tête, son sari trempé jusqu'à mi-cuisse. Des poules perchées sur une barrière de bois se serrent les unes contre les autres.

Notre chauffeur se gare tant bien que mal et descend se renseigner.

Pendant ce temps, la voiture qui nous suivait s'élance à fond de train dans le lac! Comme on pouvait s'y attendre, elle s'enlise quelques mètres plus loin.

Nous prenons un fou rire en entendant un «merde» retentissant, en anglais, juste après avoir vu la portière s'ouvrir. Le passager, un jeune homme en costume cravate, vient d'inviter le lac à séjourner dans la voiture.

Le chauffeur de bus discute ferme avec des gens du village, entouré de voyageurs. Il annonce à la cantonade :

— L'autre route à travers la campagne est inondée, elle aussi. Nous allons être obligés de passer par la colline. Le moteur est tout juste assez puissant pour affronter la pente mais nous n'avons pas le choix!

Sur la route en lacet qui grimpe à flanc de colline, nous prenons place parmi une file de voitures. Celles qui sont derrière nous klaxonnent avec fureur. Elles ne font qu'obéir, puisque, en lettres peintes sur l'arrière du bus, il y a marqué «Prière de klaxonner», en tamoul et en anglais. Notre chauffeur ne dévie pas d'un pouce: il a l'avantage du poids. Mais, après tout, les voitures agissent de même avec les motos; les motos avec les bicyclettes; et les bicyclettes avec les poulets. Seules les vaches blanches, animaux sacrés, peuvent prétendre à ce qu'on se jette dans le fossé plutôt que de les heurter.

Est-ce l'une d'elles qui apparaît soudain sur la route, plus loin devant? Nous ne le saurons jamais. Quoi qu'il en soit, la voiture devant nous pile net. Notre chauffeur freine juste à temps. De notre toit, plusieurs personnes sont éjectées au sol, escortées de divers objets. Parmi eux, une cage d'osier remplie de poulets se disloque sous le choc. Les survivants piaillent comme des possédés et s'égaillent dans tous les sens…

Chapitre 11

Sur notre toit, c'est la révolution. Sundar, à genoux à côté de moi, appelle désespérément son singe Satya dans la panique ambiante.

Une partie du bus s'épanche à l'extérieur. Lorsque chacun a récupéré son bien et recouvré son calme, notre bus ne peut redémarrer, bien qu'il soit délesté de la moitié des voyageurs.

– Je vous avais prévenus, hurle le chauffeur. Mon moteur n'est pas assez puissant! La seule solution est que ceux qui sont encore installés sortent, et que vous ôtiez les bagages. On ne sait jamais. Ganapati aura peut-être envie de faire un miracle.

Pendant ce temps, les voitures bloquées derrière nous tentent de réveiller la colline à coups d'avertisseur. Un conducteur audacieux ose s'engager sur l'étroit bas-côté boueux et réussit à passer. Trois autres tentent leur chance; le quatrième reste coincé.

Des enfants des environs, surgis de nulle part, proposent aux conducteurs de pousser leur véhicule pour quelques roupies. Ils aident une voiture, puis deux autres à travers la boue, sous les commentaires des spectateurs. Leur foule se grossit du contenu d'autres bus coincés derrière le premier.

Nous avons bien autre chose à faire que de profiter du spectacle. Nous cherchons Satya partout. Le macaque n'est pas visible dans les branches basses des arbres qui bordent la route. Personne ne l'a vu. Elle reste introuvable quand le bus, pour finir, réussit à faire un bond chaotique sur la route.

Notre chauffeur a bloqué la porte et nous parle à travers la vitre. Nous allons devoir grimper trois kilomètres à pied. Une grand-mère avec un bébé dans les bras a beau le traiter de démon, de vautour, de fils de veuve, il reste intraitable.

— Je vous attends au sommet de la colline, déclare-t-il.

Il repart, nous aveuglant de fumée noire.

Sundar pose une main sur nos épaules, à Murugan et moi :

— Partez sans moi, les garçons. Je veux être sur place quand Satya reviendra. Il n'y en a plus que pour un jour ou deux jusqu'à Mysore. Nous nous serions séparés là-bas de toute façon… Que les dieux vous accompagnent.

Le cœur serré, nous rejoignons la file des gens qui grimpent la côte, encombrés de ballots. Seule consolation, la pluie a cessé. Le soleil réchauffe nos habits mouillés, à travers les nuages d'un gris lumineux.

Chapitre 12

Mysore, État du Karnataka. Fabrique d'encens Chandanam & fils.

Dans la salle de fabrication, les ouvrières préparent la pâte d'encens tout en psalmodiant.

Installée devant ma tablette, je prends une fine baguette de bambou dans le tas à droite. Je la roule sur les trois tiers de sa longueur dans la pâte brune et odorante à ma gauche. Elle se trouve enrobée d'une fine couche d'encens. Pour finir, je la trempe dans la poudre sèche et la pousse vers le paquet de baguettes prêtes.

Je travaille depuis une semaine chez Chandanam & fils, répétant inlassablement les mêmes gestes. Pendant que mes mains sont occupées, je chante des hymnes à Shiva, à Vichnou ou à Ganapati. Les hymnes défilent tandis que défilent les baguettes…

Ce sont les hymnes qui m'ont conduite ici, chez M. Chandanam. Pendant le dernier trajet en bus vers Mysore, il faisait partie des voyageurs. Il m'a entendue chanter à la gargote où nous nous étions arrêtés pour la pause.

Un arbre sacré se trouvait à cet endroit, dédié à Ganapati. Une saillie de l'écorce dessinait une trompe sur le tronc noueux. Une main humaine avait terminé l'ébauche de la nature et creusé ce qui manquait à la tête du dieu éléphant. J'ai déposé au dieu quelques miettes prélevées sur ma crêpe de riz. M. Chandanam s'est approché pendant que je chantais, et il a piqué un bâton d'encens dans l'écorce.

M. Chandanam a payé le chauffeur pour que nous continuions le trajet, Murugan et moi, à l'intérieur du bus. Nous avons bavardé. Il m'a demandé si je connaissais beaucoup de chants, hochant la tête d'un air approbateur à chaque hymne que je lui citais. Il m'a expliqué que l'odeur enchanteresse de son encens venait du santal, le bois précieux dont Mysore tire sa célébrité. M. Chandanam était justement le patron d'une fabrique d'encens.

– Et vous, les enfants, a-t-il demandé, d'où venez-vous, vous êtes du Tamil Nadu, n'est-ce pas ?

Murugan et moi, nous avions prévu qu'on nous poserait des questions. Nous avons servi au fabricant d'encens une version toute prête de notre voyage : nous étions cousins, en route pour rejoindre un parent à Bombay. Notre grand-père nous avait d'abord accompagnés, mais il était tombé malade et nous avions dû continuer sans sa protection.

– J'ai vu tout de suite que vous étiez des enfants honnêtes, et pas des petits vagabonds, a déclaré M. Chandanam. Pourtant, pardonnez-moi d'être franc, une chemise neuve ne vous ferait pas de mal !

Il nous a offert un cornet de papier journal rempli de cacahuètes. Nous regardant les croquer, il nous a fait une proposition :

– Pourquoi ne travailleriez-vous pas une semaine ou deux dans ma fabrique ? Vous seriez en sécurité chez moi, et vous gagneriez quelques roupies. Ainsi, vous arriveriez à Bombay en faisant honneur à vos parents! Le moment venu, je veillerai personnellement à ce que vous preniez votre train.

Il m'a expliqué que je lui serais très utile:

— Mes employés chantent toujours des hymnes sacrés en travaillant. Le pouvoir spirituel de l'encens en dépend autant que de la qualité du santal. Je voudrais que vous restiez le temps de leur apprendre ceux que vous connaissez!

M. Chandanam avait créé une collection très originale. Il offrait aux dévots des encens dédiés à différents dieux. Chaque boîte contenait l'essence propre à chaque divinité: le basilic sacré pour Vichnou, la fleur de champak pour Lakchmi, le jasmin pour Shiva, l'hibiscus pour Ganapati, la rose pour Allah, la myrrhe pour Jésus! À la fabrication, il fallait donc chanter les hymnes appropriés à chacun de ces dieux…

Nous nous sommes concertés, Murugan et moi, et avons accepté la proposition.

Chapitre 13

La salle de fabrication Chandanam bourdonne des hymnes chantonnés à mi-voix. Les femmes et les enfants s'activent, le geste précis. Trois paquets de baguettes prêtes s'entassent devant moi sur la table basse. Une ouvrière s'en saisit et sort les étaler sur la terrasse, sur la natte où elles sécheront au soleil.

– Allons, garde le rythme, toi, le nouveau, tu peux faire un autre paquet avant l'appel du déjeuner ! me lance la surveillante.

Pour la première fois de ma vie, je chante sans faire attention à ce que je dis. Les dieux me pardonnent, j'en suis sûre, et ils m'aideront à retrouver Murugan.

Dès notre arrivée à la fabrique, nous avons été séparés. M. Chandanam a pris prétexte que Murugan était trop grand pour dormir au dortoir de la fabrique, où ne travaillent que des femmes et des enfants.

Il l'a emmené dans sa propre maison à un autre endroit de la ville, où il logerait avec ses domestiques. Depuis, je ne l'ai pas revu !

En une semaine, M. Chandanam n'est venu qu'une fois dans la salle où je travaille, et en coup de vent encore. Je n'ai pas pu lui parler. À bout de patience, j'ai questionné la surveillante :

— De quel cousin parles-tu ? a répondu celle-ci.

Puis, comme je lui décrivais Murugan :

— Ah oui, le petit intouchable ! Il est employé dans les hangars, à transporter les bananes.

M. Chandanam avait tout de suite su que nous lui mentions ; et il savait aussi dès le départ comment il nous utiliserait. Outre la fabrique, il possède des plantations de bananiers autour de la ville. Les caisses de bananes sont conditionnées sur place et envoyées sur les marchés en Inde, et même à l'étranger… Il n'a jamais eu l'intention de nous aider, Murugan et moi, à prendre notre train. Qui nous réclamera, puisque nous lui avons dit nous-mêmes que nos parents étaient loin ? Voilà pourquoi je travaille sans penser à ce que je fais. Fébrilement, mes doigts roulent la pâte brune autour de la baguette de bambou. Je dois m'échapper d'ici. Mais ensuite, comment retrouver Murugan ?

Chapitre 14

Comme chaque matin, le tambour du temple d'à côté donne le signal du déjeuner des ouvrières.

— Finissez votre tâche avant de vous lever, s'empresse de dire la surveillante. Si je vois une baguette à moitié roulée, elle sera retenue sur votre salaire.

— Elle devrait engager un perroquet, elle répète ça à chaque fois, murmure l'ouvrière à côté de moi.

Elle s'appelle Kusum ; elle a treize ans, elle est dodue comme une poule d'eau et pépie aussi vivement, toujours la première à lancer des plaisanteries.

Nous nous levons en même temps toutes les deux, et nous dirigeons ensemble vers la terrasse couverte qui sert de cantine. Je n'ai que le temps de tourner la tête avant d'éternuer. Kusum balance la tête, l'air malicieux :

— Quelqu'un pense à toi, Meyyan !

Je n'ai pas le temps de répondre. De nouveau, je tourne la tête et éternue.

— Cette personne doit penser vraiment fort à toi, Meyyan, répète Kusum en prenant un air mystérieux. Dis-moi, est-ce ta mère, ta sœur ou une petite amoureuse des champs ?

Je souris sans répondre. Kusum se frappe le front d'une claque bruyante :

– J'y suis ! C'est une belle vache de ta cambrousse !

Cette fois, je plante mes yeux dans ceux de Kusum. Et je précise :

– Une bufflonne. Elle s'appelle Éléphante. C'est moi qui tirais son lait, et elle m'a consolé bien des fois comme peu de filles humaines savent le faire.

Kusum éclate de rire en me donnant une claque sur l'épaule. Je viens de gagner une amie. Un peu plus tard, assises côte à côte, nous mangeons avidement le riz blanc arrosé d'un ragoût de lentilles qu'on nous sert sur une feuille de bananier.

Kusum parle le tamoul et non le kannara, la langue de l'État de Mysore. Comme je m'en étonne, elle me confie :

– Tu n'as pas remarqué que les ouvrières les plus vieilles sont de la région, mais que toutes les jeunes filles qui travaillent ici sont des Tamoules ? Elles sont moins payées que celles qui sont recrutées en ville. Mais elles ne parlent pas le kannara, et leur famille est loin, alors elles ne discutent pas !

Kusum, comme beaucoup d'autres, a été confiée par ses propres parents à M. Chandanam. Ce dernier leur envoie chaque mois la totalité de ce qu'elle gagne. Mise en confiance, je lui parle de Murugan. Elle secoue la tête, désolée.

– Non, je ne sais pas où se trouvent ces hangars à bananes…

Elle pince les lèvres en réfléchissant. Son visage s'éclaire d'un coup :

– Ne crois-tu pas que ce sera plus facile pour ton ami de te retrouver ? Ici, nous sommes comme dans une prison ; il n'y a que des femmes et des enfants, et aucune de nous ne sort facilement. Mais là-bas, il n'y a que des hommes au contraire, et les bananes se transportent en camion… Crois-moi, ton ami te rejoindra sûrement. S'il s'agit d'un véritable ami ! ajoute-t-elle avec une gravité soudaine.

Chapitre 15

Suivant les conseils de Kusum, je patiente. Au début de juillet, une quinzaine de jours après mon arrivée, un frisson d'excitation parcourt la salle de travail. Comme chaque mois, celles qui ont bien travaillé, dont je fais partie, ont droit à une récompense. On nous emmènera en ville admirer l'illumination du palais du maharajah. Celle-ci a lieu gratuitement chaque premier dimanche du mois. Kusum, punie pour «insolence», ne fait pas partie du voyage.

– Profites-en bien, me glisse-t-elle à l'oreille. Et si jamais tu ne revenais pas, bonne chance!

Nous sommes une quinzaine à être du voyage, dix femmes et cinq enfants. Nous montons à la fin de la journée dans le pick-up de livraison de l'encens Chandanam.

Je regarde autour de moi avec curiosité. Mysore m'apparaît bruyante et sale, bien plus que Madurai, ma première grande ville. La chaleur est étouffante. Les voitures semblent naviguer dans tous les sens. Plus on approche du centre, plus la circulation est inextricable.

Le pick-up reste bloqué plusieurs minutes dans une rue bondée de véhicules de toute nature, du camion à la charrette à âne en passant par le *rickshaw*. Au-dessus de la mêlée domine la statue de bronze d'un homme au visage digne. Je demande à mes compagnes de qui il s'agit.

– Comment veux-tu que nous le sachions, nous autres ignorantes ? se moque l'une d'elles.

Une voix tranquille s'élève alors :

– C'est papa Ambedkar. Il a montré aux hors-caste le chemin de la libération. Béni soit son souvenir à jamais !

Tout le monde se tourne vers celle qui a parlé. C'est une femme d'une cinquantaine d'années, la doyenne du groupe. Son visage dégage une grande autorité. Elle a parlé en kannara, et c'est la surveillante elle-même, à ma surprise, qui prend la peine de me traduire en tamoul. Le pick-up avance de nouveau. Je grave la statue dans ma mémoire afin de la décrire plus tard à Murugan.

Le pick-up finit par approcher du palais, après avoir longé une avenue rectiligne barrée de hautes grilles. Il nous dépose au bord du jardin public qui entoure le parc. Les grilles de l'entrée du palais du maharajah de Mysore n'ouvriront qu'à l'heure dite. En attendant, nous pique-niquons de galettes de riz et de fruits.

Trois jeunes hommes viennent rôder autour de nous. Ils lancent aux femmes des regards insolents et chantonnent le refrain d'une chanson grivoise. Ils proposent effrontément à la surveillante de l'escorter quand elle les menace d'aller chercher un gardien. Parmi les ouvrières, quelques-unes gloussent. D'autres font comme si les gêneurs n'existaient pas. La femme la plus âgée fait partie de ces dernières ; mais, quand elle voit la surveillante s'énerver, elle fait quelques pas en direction des trois hommes. Deux mots de sa part, prononcés de sa voix calme, suffisent pour qu'ils s'en aillent tête basse.

La nuit descend sur le jardin, remplie des chants d'oiseaux saluant les dernières lueurs du jour. Le crincrin des grillons démarre çà et là dans l'herbe. Nous marchons vers les grilles et nous postons parmi la foule qui s'amasse devant l'entrée.

J'admire bouche bée deux couples de riches touristes indiens. Ils rient entre eux, sans un regard pour ceux qui les entourent. Ils semblent sortis d'un des films que j'ai vus à Madurai au cinéma Le Diamant. Leurs cheveux sont brillants et légers. Ils ont le teint frais et l'air de n'être pas affectés par la chaleur ; leurs vêtements coûteux n'ont pas un faux pli, pas une trace de sueur. L'une des femmes porte des bijoux d'or incrustés de petites pierres précieuses aux poignets, aux oreilles, au cou.

Instinctivement, je porte mes doigts au bracelet d'or de ma mère, sur le haut de mon bras gauche. Je le caresse du bout des doigts à travers les chiffons qui le dissimulent…

Chapitre 16

Un gardien du palais vient ouvrir la grille. La foule s'égaille en douceur; le parc est si vaste qu'il n'y a pas besoin de se bousculer. J'ai le souffle coupé devant le palais. Ses tours jumelles, garnies de dizaines de fenêtres, sont surmontées de dômes rouges semblables à des turbans!

Nous nous installons le long des barrières disposées à cinquante mètres du palais. Au pied des murs, les gardes marchent de long en large. Une fanfare vient les rejoindre, en bel uniforme rouge et or, jouant un air entraînant.

Tout le monde attend l'illumination. Des touristes de toute l'Inde sont là, mais aussi des voyageurs venus de pays dont je ne connais même pas les noms.

Par terre, derrière nous, se sont assis les filles et les garçons d'une école militaire, en deux rangs séparés selon les sexes. Ils sont beaux dans leur uniforme beige. Leur béret porte le sigle de l'armée indienne. Depuis mon départ, j'ai réalisé que je fais partie d'un grand pays. Moi qui, il n'y a pas si longtemps, n'imaginais rien en dehors du minuscule village où je suis née!

Un frémissement parcourt la foule. Les lumières du palais viennent de s'allumer. Des milliers de petites ampoules électriques blanches et jaunes redessinent la façade. Un cri d'admiration sort de toutes les poitrines quand le jeu de lumières change une nouvelle fois. La façade est modifiée par d'autres ampoules, roses cette fois. Les pignons, les fenêtres, les arcades scintillantes semblent tout droit sortis d'un conte…

Je sursaute. Une main vient de m'attraper le coude. Je vais protester quand je reconnais Murugan. Il me fait signe avant de plonger à quatre pattes par terre. Un coup d'œil sur mes compagnons me rassure : tous sont subjugués par le spectacle. Je me baisse d'un geste naturel et me faufile à la suite de Murugan.

Dès que nous sommes hors de vue, il me prend par l'épaule et me conduit au fond du parc, vers un autre portail que celui par lequel je suis entrée tout à l'heure. Nous nous enfonçons dans la nuit, à nouveau ensemble et libres.

Chapitre 17

Le lendemain matin, nous devrions être dans le train pour Bombay. Au lieu de cela, nous marchons vers le sud de la ville. J'ai tenu à me rendre au grand temple de la colline de Chamundi. Pouvions-nous quitter Mysore sans rendre grâce aux dieux de nous avoir réunis ?

Murugan trouvait que oui, mais il n'a pas voulu me contrarier. Après tout, arriver à Bombay dans un jour ou dans deux, quelle différence ? Ce n'est pas lui qui est pressé, m'a-t-il fait remarquer ! Et nous voici tous deux au bas de la colline.

À la suite d'autres pèlerins, nous montons les mille marches de pierre qui mènent au sommet. Une averse torrentielle se déverse sur nous vers le milieu de notre ascension, là où s'élève la statue de granit noir du taureau Nandi. J'y vois le signe que l'animal sacré apportera la prospérité à notre voyage. Le message de Nandi est bref ; à nouveau le soleil brille sur nos têtes quand nous émergeons sur la grande place en haut de la colline. Nous contemplons, impressionnés, le toit vertigineux du temple de Parvati.

— Regarde, il a l'air de voguer parmi les nuages ! fais-je remarquer à Murugan. Il me rappelle…

Mon ami termine vivement :

— Le temple de Madurai où je t'ai cueillie il y a deux mois!

Il ajoute avec un petit rire:

— Tu as remarqué que je te remets la main dessus chaque fois que tu essaies de me semer?

Nous piétinons parmi les visiteurs jusqu'aux grandes portes d'argent. Murugan pointe son doigt sur le battant sculpté:

— Regarde!

Une Sarasvati d'argent luit juste à notre hauteur. La déesse est assise en tailleur, le manche de son luth indien séparant ses deux seins bien ronds. Un demi-sourire joue sur ses lèvres. Paupières baissées, elle semble écouter une musique intérieure.

Je la salue et rejoins Murugan à l'intérieur, où je mets tout mon cœur à remercier Parvati, la déesse du lieu. Lorsque j'ai fini de chanter mon hymne, une jeune touriste étrangère me touche le bras. Elle me parle en anglais, l'air ému. Les trois mots que je connais dans cette langue ne me permettent pas de la comprendre. Tout ce que je peux faire, c'est écarquiller les yeux, concentrée sur son visage sérieux. Il m'a plu tout de suite. Ses yeux bruns pailletés d'or ont un regard plein d'amitié.

— Viens, partons, me lance Murugan de loin. J'ai peur qu'elle nous attire des ennuis.

Mais la jeune fille me fait signe d'attendre.

— *Please, wait a minute, please!*

Je connais le mot *«please»*. Quelqu'un qui prend la peine de dire «s'il vous plaît» est-il capable de vous nuire? Le regard de l'étrangère scrute la foule à l'intérieur du temple.

— Parvati! appelle-t-elle.

Chapitre 18

Une Indienne d'une vingtaine d'années nous rejoint. Elle jette un coup d'œil dédaigneux sur ce garçon au turban aux côtés de son amie. Il n'est pas difficile de deviner ce qu'elle pense. Vu mon aspect, vu que je ne suis pas à l'école, je dois être l'un de ces petits mendiants qui fourmillent partout où il y a des touristes. De mon côté, je mange la jolie Parvati des yeux : une fille de la ville, riche et éduquée, comme en témoigne le jean orange sous la tunique brodée. Elle s'adresse à son amie européenne dans un anglais aisé. Elle doit lui conseiller de laisser tomber ce gosse des rues qui ne peut apporter que des problèmes.

Je distingue dans une phrase les mots «tamoul» «malayalam» et «kannara». Peut-être est-elle en train de lui dire que, de toute façon, je parle une des langues du Sud et qu'elle ne les connaît pas. Prise d'une inspiration, je m'adresse en hindi à Parvati :

— Pardon, grande sœur, puis-je vous aider ?

Elle tourne lentement la tête vers moi. Cette fois, elle me détaille des pieds à la tête. Comment un mendiant de Mysore qui n'a pas douze ans peut-il parler un hindi aussi impeccable ? Mon turban — noué pour attirer l'œil du touriste ! —, mes haillons — hum, d'une propreté douteuse –, mon bracelet de chiffon, tout passe au tamis impitoyable de son regard.

– Comment sais-tu l'hindi, bout de chou? me demande-t-elle.

Je dis que ma mère venait de l'État du Rajasthan. À ce mot, l'expression de Parvati s'ensoleille : « … du Rajasthan ? Moi aussi, je suis rajasthani ! » Sans que mes vêtements aient meilleur aspect, le bout de chou apparaît à Parvati, d'un seul coup, nettement plus sympathique. Mais je la vois se renfrogner aussi sec : je viens sûrement d'inventer cela, dans l'espoir de lui soutirer de l'argent !

Elle entraîne son amie étrangère. Je tourne les talons aussitôt et m'élance vers la sortie, où m'attend Murugan.

– Tu as vu cette fille de buffle? dis-je à mon ami, la voix tremblante de colère. Parce qu'elle est née dans une famille riche, elle n'a même pas pris la peine de m'écouter !

À mon grand étonnement, Murugan éclate de rire. Je le foudroie du regard : je me demande ce qu'il y a de drôle !

– C'est la première fois que je t'entends utiliser « fille de buffle », déclare Murugan. Au village, cette insulte est prononcée vingt fois par jour, mais toi, tu es différente, tu as toujours parlé comme une princesse. Il faut vraiment que tu sois hors de toi !

Murugan a raison. Qu'est-ce qui m'a mise dans cet état? Je réfléchis :

– Eh bien, tu ne trouves pas que c'est injuste? Elle a toutes les chances devant elle, alors pourquoi se montrer si méprisante? Je ne suis qu'une fourmi rouge sur son chemin d'éléphante…

Murugan claque des mains :

— Bravo! Tu sais maintenant ce que je ressentais à l'école, quand des péteux comme Ponnan faisaient mine de vomir en me regardant.

Il m'entoure les épaules de son bras:

— Partons pour Bombay, fourmi rouge. Là-bas, on va leur montrer de quoi nous sommes capables.

Nous nous éloignons en direction des marches.

Chapitre 19

Route entre Mysore et Bangalore, État du Karnataka.

Murugan et moi, assis à l'arrière de la voiture japonaise, évitons de nous regarder. Je sens une boule de trouille grossir dans ma gorge, et je pense que Murugan n'est pas plus fier. Devant, au contraire, l'ambiance est des plus décontractées. L'homme qui conduit, Shoraf, un Indien d'une trentaine d'années, chante en même temps que le CD qu'il a inséré dans le mange-disque. À côté de lui, un étranger aux cheveux ras fume une cigarette à l'odeur forte et amère. Après avoir tiré une longue bouffée, Boss – c'est le nom de l'étranger – se tourne vers nous et nous adresse un sourire chaleureux.

C'est ce sourire qui a fait perdre son bon sens à Murugan. Ce sourire a été pour lui ce qu'est la glu à l'oiseau sur le piège. Il y a quelques heures seulement, lui et moi contemplions d'un rocher la vue splendide sur Mysore, nous reposant de la volée de marches que nous venions de descendre. Quand le souffle nous est revenu, nous avons imité ensemble le chant rythmé du train qui nous emmènerait vers Bombay.

Les deux hommes ont débouché de la descente, eux aussi, et nous ont observés. Shoraf nous a adressé la parole sans craindre de nous interrompre. Il nous a demandé si nous étions montés aussi à pied, si nous avions fait une offrande à Nandi, si nous avions aimé le temple, ce genre de chose. Il nous a présenté son ami étranger, qui ne parle qu'anglais. Celui-ci nous a adressé un sourire, qu'une fossette du côté droit rend particulièrement séduisant. Plus précisément, c'est à Murugan qu'il souriait, pas à moi.

Depuis le début, il n'a pas quitté Murugan des yeux, et n'a pas caché sa sympathie pour lui. Il lui a même offert une cigarette américaine, et pas à moi. Murugan était flatté. C'est vrai que, d'habitude, c'est plutôt moi que l'on remarque. Boss a commencé à lui apprendre des mots anglais, en désignant le rocher où ils étaient —*« rock »* —, le ciel — *« sky »* —, un oiseau — *« bird »* —, riant de l'accent de mon ami tout en l'encourageant par un *« very good, very good »* et le séduisant à coups de fossette.

Nous nous sommes remis en route avec nos nouveaux compagnons — il nous restait neuf cent et quelques marches à descendre. Boss et Murugan étaient en tête. Shoraf et moi, derrière, n'échangions pas un mot. Au bas de la colline, Boss nous a offert un soda. Murugan a expliqué tout à trac à Shoraf que nous prendrions le prochain train pour Bombay. Pire, il a accepté que ces étrangers nous conduisent à la gare en voiture. Pendant que les autres parlaient entre eux, j'ai tenté à voix basse de le mettre en garde. Quelque chose n'allait pas. Pourquoi ces hommes s'intéressaient-ils à des gosses comme nous ? Mon ami a haussé les épaules :

— Tu es jalouse, fourmi rouge, parce que je plais à Boss. Toi, est-ce que tu t'es étonnée que la touriste du temple tienne tant à te parler ?

Je trouvais que ce n'était pas la même chose, sans savoir comment l'expliquer. À contrecœur, j'ai suivi mon ami dans la voiture.

Shoraf a démarré, et Boss lui parlait en anglais. La voiture n'est pas retournée en ville. Elle suivait les panneaux pour Bangalore. Shoraf nous a dit :

— Vous savez quoi ? Nous montons vers le nord, nous aussi. Nous allons visiter le site de Hampi. Vous allez venir avec nous, c'est très beau là-bas !

J'ai donné un coup de coude à Murugan. Celui-ci a remercié Shoraf, et déclaré que nous voulions aller directement à Bombay. Shoraf n'a rien répondu.

Depuis, il roule toujours, et il est évident que ce n'est pas vers la gare. Je rassemble mon courage. Je vais dire d'un ton ferme qu'il faut nous laisser descendre. Avant que je prononce trois mots, Shoraf me coupe :

— Allez, laissez-vous tenter. On vous donne une chance de connaître une des merveilles de l'Inde, vous n'êtes pas à un jour près, des gosses comme vous… Et puis, ça vous fera faire des économies !

Son ton est celui de quelqu'un qui a déjà décidé. Nous gardons le silence. Mon pressentiment est en train de prendre forme ; quant à Murugan, il a l'air anéanti. Pourtant, à part le fait qu'ils ne nous laissent pas le choix, les deux hommes ont une attitude amicale et décontractée. Boss se tourne à nouveau et nous tend une boîte pleine de gâteaux :

— Tapez dedans tant que vous voudrez, dit Shoraf, c'est ma sœur qui les a faits pour le voyage. J'en ai deux boîtes pleines !

Les gâteaux sont délicieux, en effet. Même s'ils avaient

été rances, nous n'aurions pas fait la fine bouche, car nous n'avons pas mangé depuis hier.

Quand on a le ventre plein, la vie paraît d'une meilleure couleur. Murugan me sourit et je lui souris en retour. Après tout, ces deux types sont peut-être juste des voyageurs un peu farfelus, qui ramassent des compagnons au gré de leur humeur !

Un peu plus tard, une sensation bizarre m'envahit. La voiture est un oiseau et elle plane dans les airs. La terre, les champs, les plantes, le ciel par la vitre ont des couleurs magnifiques. Les branches des arbres dansent au rythme de la chanson qui m'enveloppe dans son étoffe chatoyante… Je la reconnais ! C'est la chanson d'un film que j'ai apprise à Madurai. C'est moi qui chante, je suis l'héroïne du film, vêtue de soie et cliquetante de bijoux. Ma voix est celle de Lalita Ramesh, ma chanteuse préférée.

La chanson prend fin. Je réintègre mon corps de fille déguisée en garçon, dans une chemise trouée et un *lunghi* douteux. Une fontaine glougloute à côté de moi. Je tourne la tête : ce bruit provient d'un Murugan secoué de rire. Il rit tellement que les larmes lui coulent des yeux. Je comprends soudain que les gâteaux contenaient du *bang* ; ce sont eux qui ont coloré ma rêverie.

J'observe les épaules de mon ami, secouées de spasmes. Ma gorge se noue. À l'avant de la voiture, Shoraf fredonne la nouvelle chanson qui vient de commencer ; Boss observe Murugan dans le miroir du pare-soleil. À travers leurs visages humains, je vois deux *Rakshasa*, ces démons aux ongles empoisonnés des histoires que me contait ma mère.

Je ferme les yeux. Je dois me concentrer, malgré la toile d'araignée douce et collante qui obscurcit mon esprit.

J'appelle à moi, un à un, les mots d'une prière. Il me semble tomber dans un tourbillon à une vitesse vertigineuse. Malgré mon envie de vomir, je me cramponne à ma prière comme une naufragée dans la tempête. Je répète chaque mot en oubliant plusieurs fois ce qu'il veut dire, jusqu'à trouver le suivant. Sans m'en apercevoir, je sombre dans le sommeil.

Chapitre 20

Je fais un rêve où je retrouve ma mère et une voisine de Yamapuram. Toutes deux broient du grain en abattant le pilon dans le mortier, chacune son tour. Elles ne sentent pas la fatigue : elles chantent. L'Inde entière défile sous mes yeux, contenue dans leurs chants. Brusquement, ma mère se tait et lâche le pilon. Elle me regarde avec intensité, comme pour m'avertir...

La voiture a changé de rythme et roule maintenant au pas. Les pneus crissent sur un terrain inégal. C'est cela qui m'a réveillée. J'ai à peine le temps de chercher Murugan et de le distinguer qui dort à mes pieds. La voiture s'arrête. La portière de mon côté s'ouvre : Shoraf est dehors, devant moi. Il me tire brutalement par le bras et m'envoie valser à quelques mètres. Boss claque ma portière de l'intérieur. Shoraf remonte et claque à son tour la portière.

Je regarde la voiture démarrer sur les chapeaux de roue. Un haut-le-cœur me fait hoqueter. Succédant à l'air conditionné de la voiture, l'épaisse moiteur se referme sur moi tel un marais pestilentiel. Je scrute les alentours et frémis jusqu'à la moelle. Le disque plein de la lune, émergeant des nuages, me donne la raison de l'horrible puanteur autour de moi. Des montagnes fantomatiques et irrégulières de déchets se dressent en une mer soulevée de vagues immobiles. J'ai été abandonnée, en pleine nuit, sur le bord d'une décharge. Je contemple les ordures à perte de vue d'une ville de plusieurs millions d'habitants : Bangalore.

Fuir. Quitter cet endroit au plus vite. Je me mets à marcher dans la direction où est partie la voiture. Je n'ai pas fait cinquante mètres que mes cheveux se dressent sur ma tête. Au milieu du chemin, une douzaine de paires d'yeux me fixent, phosphorescents à la lumière de la lune. Je distingue des oreilles pointues, un entremêlement de pattes, des poils hérissés. Un grondement monte de la bande de chiens errants. Je m'apprête à courir quand j'entends la voix de Murugan devant le cheval emballé du bout de l'Inde : « Ne bouge pas ! » Je reste immobile, fixant la meute grognante qui s'est focalisée sur moi. Chaque seconde qui passe me paraît un siècle. Au moindre mouvement de ma part, les chiens se jetteront sur moi pour me déchiqueter ; je le sens dans la moindre fibre de ma peau.

Le chef de meute se détourne soudain. Le temps de battre un cil et la meute s'évanouit dans la nuit. La voie est à nouveau déserte. Je fais quelques pas hésitants. Mes jambes tremblent. La tête me tourne. Là-bas, je repère une bâche soutenue par des piquets à côté d'une construction en tôle. Je m'y dirige tant bien que mal. En m'approchant, je distingue un tas d'enfants qui dorment côte à côte. Je m'effondre.

Chapitre 21

— Eh bien, faut plus se gêner ! D'où elle sort, cette pouffiasse ?

Une voix perçante parvient à mes oreilles. J'ouvre les yeux. Une gamine aux cheveux à faire peur, raides de crasse et de nœuds, me secoue l'épaule. J'essaie de me lever ; un autre gamin m'attrape le pied ; je retombe lourdement sur le derrière.

Les enfants autour de moi éclatent de rire. Plusieurs parlent en kannara, et je ne comprends pas ce qu'ils disent. Je bredouille que je suis là juste pour la nuit, que je vais m'en aller…

L'un des gamins me répond en tamoul qu'ici, c'est leur territoire.

— Comme par hasard, ajoute-t-il, tu te pointes ici à l'aube, juste avant l'arrivée des bennes à ordures. Tu nous prends pour des naïfs, la Tamoule !

La Tamoule ? Je porte la main à ma tête. Mon turban a disparu. Depuis combien de temps, je l'ignore. Mes cheveux ont beau être très courts, mon sexe n'a pas l'air de faire de doute pour la bande des gamins. Je vérifie d'un coup d'œil effrayé que le chiffon est bien enroulé autour du jonc d'or. Si ces loqueteux aperçoivent mon bracelet, ils se jetteront sur moi, pire que des guêpes sur un fagot de canne à sucre. Je me redresse en répétant:

— Je m'en vais!

Cette fois, personne ne m'empêche de me lever. Je suis sur la route quand le gamin qui parle le tamoul me rappelle.

— Eh, toi, la chauve-souris, reviens ici!

Comme je continue, il court après moi et m'attrape par le coude.

— Notre chef dit que tu restes aujourd'hui travailler avec nous. Puisque tu es là, ça fera deux bras de plus; tu nous donneras ce que tu as trouvé pour le prix de ta nuit.

Je lui emboîte le pas. Je n'ai pas le choix, et encore moins la force de discuter.

Les enfants sont assis en rond; ils boivent ce qui sort d'une bouilloire très cabossée, un liquide au goût et à la couleur indéfinissables, chauffé sur un feu qui sent une odeur atroce de poil brûlé. Le chef me désigne d'un clignement d'yeux un gobelet en plastique et me sert de ce breuvage. Le chef, ou plutôt la chef: même si elle porte les cheveux aussi ras que moi et un pantalon, sa poitrine ronde sous le tee-shirt noir de crasse ne laisse aucun doute. Ses quatorze ou quinze ans en font la plus âgée de la bande; à en juger par ses bras musclés, couverts de cicatrices, et son air dur, elle a dû surmonter de sales épreuves pour arriver jusqu'ici.

Elle nous distribue à chacun une banane devenue de la purée dans sa peau noircie, un morceau de poisson séché et une poignée de miettes – qui devaient être autrefois des galettes de riz soufflé. Le moisi domine dans le goût de ce petit déjeuner, et pourtant je le mange avec plaisir. Cette nourriture et même l'ambiance du groupe me réconfortent plus que je ne l'aurais jamais imaginé !

Le gamin qui parle le tamoul m'a prise sous sa protection. Il me montre comment me protéger les pieds et les chevilles avec des chiffons. Il me confie un sac :

– Tu ramasses le plastique léger, les gobelets, les bouteilles. Rien d'autre, OK ?

Je voudrais lui poser des questions quand le bruit d'un moteur de poids lourd se fait entendre. Les enfants jaillissent comme des flèches de leur abri et se mettent à courir. Je cours avec eux.

Plusieurs camions-poubelles se suivent à la queue leu leu ; mes compagnons rejoignent le premier et l'accompagnent jusqu'au bord de la décharge, où la benne renverse son chargement.

Je vois avec stupéfaction une foule de gens surgir de tous les côtés. Ils sont vêtus de chiffons, certains chaussés de bottes, d'autres munis d'un mouchoir qui leur couvre le nez et la bouche. Des vieux, des jeunes, des familles entières sont venus fouiller dans les chargements, en plus de la bande qui m'a recueillie. Ils se connaissent tous et s'interpellent en criant. Dès que la première benne est renversée, ils deviennent aussi affairés que des fourmis. Sauf qu'une fourmi ne hurle pas de colère quand une autre empiète sur son domaine réservé…

Le jour irradie derrière la masse de nuages blanchâtres, tandis que nous furetons et fourrageons dans la mer d'ordures. Je titube sur le terrain inégal. La voix de mon guide me parvient de loin :

– Fais gaffe où tu mets les pieds, la chauve-souris, ou tu vas finir au recyclage, toi aussi !

Je comprends pourquoi il m'a fait mettre des chiffons. Je pose chaque pied avec précaution en essayant d'éviter le verre cassé, les clous rouillés sur des débris de planches, les couvercles déchiquetés de vieilles boîtes de conserve. J'ose à peine respirer, le cœur soulevé par l'odeur de pourriture et les relents fermentés qui se dégagent des sacs éventrés. Ma vue n'est pas moins mise à l'épreuve que mon nez : un cadavre de chat grouillant de vers m'arrache un cri de dégoût.

J'avance comme dans un cauchemar. Là-bas, une pierre précieuse scintille d'un feu orange, allumé par le soleil qui perce à travers les nuages. C'est le fond d'une bouteille de Fanta : je me souviens de ma mission et me dirige vers elle. Avant que j'aie pu l'atteindre, un gosse haut comme trois citrons, surgi de nulle part, me la chipe sous le nez. Sans un regard pour moi, il tète avidement le fond de liquide au goulot et enfourne la bouteille dans son sac de jute.

Cet épisode me redonne du nerf. Si un gamin de six ans se comporte dans ces immondices tel le fier guerrier Arjuna, je devrais pouvoir tirer de moi-même un peu de courage. Je serre les dents et me mets à chercher ce que je dois ramasser. Très vite, il se passe quelque chose d'étrange : parmi les vagues de déchets, je ne vois plus que les bouteilles, les pots en plastique et les gobelets. À une exception près : une poupée Barbie presque intacte, vêtue d'une robe dorée. Je tombe dessus au moment où je m'accroupis pour soulager ma vessie. J'ai le sentiment d'avoir déniché le plus incroyable des trésors. Un rapide coup d'œil autour de moi, et elle se retrouve au fond de mon sac.

Sans crier gare, le ciel a viré au noir au-dessus des fourmis laborieuses. Une pluie torrentielle s'abat sur la décharge. Ça doit être la catastrophe pour ceux qui ramassent du papier et du carton. Quant à moi, je ne vois pas comment je peux continuer à travailler. J'hésite à rejoindre la route. Par crainte de glisser et de me blesser, je préfère rester là où je suis. Je repère le bout d'un sac à riz en jute plastifiée et tire dessus afin d'avoir quelque chose pour m'abriter. Ce faisant, je découvre le nid d'un rat femelle qui vient d'accoucher. Les petits se tortillent et couinent autour de son ventre. La maman rat, stoïque, se fait tremper sans bouger afin de ne pas quitter sa progéniture…

Chapitre 22

À la fin de la journée, d'autres camions arrivent à la décharge. Ce sont les acheteurs des denrées que nous avons collectées. J'ai remis mon sac de bouteilles à la chef pour salaire de ma nuit passée ici. Elle m'indiquera comment rejoindre la gare demain. Contrairement à ce que je craignais, personne n'a cherché à m'enlever ma Barbie. Tous l'ont beaucoup admirée. La petite ébouriffée, surtout, ne la quitte pas du regard ; si ses yeux étaient capables d'engloutir, la poupée serait déjà gobée et digérée !

Ce soir, sous l'abri, nous faisons bombance de notre récolte de fruits presque frais et de nourriture avariée seulement de quelques heures. Quand nous sommes tous rassasiés, mon copain tamoul me lance par jeu un morceau de mangue pourri. Les autres garçons l'imitent et jettent leurs épluchures sur les filles. Bientôt, c'est le bombardement général, dans les cris, les poursuites, la bousculade et les fous rires. Si un aveugle avec une pince à linge sur le nez entendait cela, il ne pourrait faire aucune différence entre nous et une joyeuse bande d'enfants riches dans le jardin de Salim Ali.

Quelques heures plus tard, je suis allongée sur le dos parmi les autres sous la bâche, prête à m'endormir. Je songe à mon arrivée hier soir. Tout me paraît si différent à présent que j'ai l'impression d'être une autre. Et c'est vrai, peut-être ai-je vieilli en l'espace d'une journée. Je suis seule au monde; je suis loin d'avoir retrouvé mon père. Pourtant, à cet instant, je me sens calme et confiante. «Hampi», ont dit les hommes qui ont emporté Murugan. Aie confiance, mon ami. Je jure que je te retrouverai, avec le seul nom de Hampi comme boussole.

Il y a un instant, j'ai glissé la Barbie dans les bras de l'ébouriffée. La petite n'a rien dit; elle a serré la poupée contre son cœur et s'est tournée, le corps en boule refermé sur elle. Un tête-à-tête avec une pareille poupée, je n'en aurais même pas rêvé au village. Mais je l'ai eu. J'ai coiffé ses beaux cheveux blonds synthétiques en y passant les doigts. Je ne me suis pas forcée en la donnant à l'ébouriffée. Demain, je quitte la décharge!

La main sur la statuette de Sarasvati, je glisse dans le sommeil en récitant ma prière préférée: «Pour toi, ô déesse, ma cuisine la plus fine; pour toi, les plus belles fleurs de mon jardin; pour toi, la flamme de mon huile la plus pure, la fumée de l'encens le plus précieux; pour toi, l'eau que j'ai puisée au fleuve sacré du Gange. Mais, si mes mains sont vides, accepte mon modeste chant; ton nom prononcé par ma bouche de tout mon cœur et de toute mon âme, Sarasvati, alors je serai heureuse!» Je termine en demandant à la déesse de me faire trouver le plus court chemin vers Murugan.

Les dieux, comme dit grand-père, ont leur façon à eux d'exaucer les prières. Je me réveille au milieu de la nuit, grelottante, trempée de sueur. Je n'ai que le temps de me lever et de faire un pas en dehors de l'abri. Mon corps secoué de hoquets et de pets gargouillants se vide par les deux bouts. Ma peau nue se hérisse d'une houle de frissons, comme la chevelure des rizières sous la tempête. Je claque des dents. Chaque fois que je veux revenir vers l'abri, je suis saisie de spasmes et me vide à nouveau. Le ciel étoilé vacille, et puis tout disparaît.

Quelqu'un essaie de me tirer du coma en me distribuant des claques sur le visage :

— Eh, chauve-souris, lève-toi !

Je vois qu'il fait jour, mais je ne distingue pas qui me parle. Je veux répondre : seuls des borborygmes sortent de ma bouche. J'entends la chef dire à quelqu'un :

— Tu vas courir au dispensaire du bidonville. Si sœur Jojo n'y est pas, tu ne reviens pas avant de l'avoir trouvée. Dis-lui qu'il faut venir voir très vite la chauve-souris, que c'est grave et que c'est moi qui lui demande. Ne me regarde pas avec ces yeux de grenouille ! Dégage, fils de veuve !

Chapitre 23

Route entre Hospet et Hampi, État du Karnataka.

Le bus bon marché roule vers Hampi. Je suis debout, pressée dans le couloir entre un ballot de fourrage et trois paysannes. Elles portent des saris synthétiques et dégagent la forte odeur de celles qui ont trimé toute la journée. Les traits tirés de fatigue, luisantes de sueur, elles trouvent encore la force de se taquiner entre elles. Je prends un plaisir fou à les regarder. Même si je ne comprends pas ce qu'elles disent, elles me rappellent les femmes de mon village.

Je me remplis les yeux des bribes d'images qui défilent par les fenêtres : un échassier blanc les pattes dans une rizière, des vaches aux cornes peintes et décorées de pompons, un bouquet de cocotiers aux troncs comiquement penchés. L'émotion monte et me perle au bord des yeux. C'est bon de retrouver la campagne après tant de jours en ville.

J'ai une pensée pour mère Anna. Mère Anna est la directrice d'un orphelinat, à Bangalore, où je viens de passer quinze jours. Elle m'a fait confiance et, à l'heure qu'il est, elle doit le regretter. Mon cœur se serre ; pouvais-je faire autrement ? Cette nuit, dans le train, j'ai juré devant Sarasvati qu'un jour je reviendrai rendre l'argent que j'ai pris. Si je peux, je donnerai même davantage, pour que d'autres enfants comme moi profitent de l'orphelinat.

Le bus cahote sur les nids-de-poule. Le chauffeur houspille à coups de klaxon véhicules, bêtes et gens qui se trouvent sur son chemin. Ni sa conduite de brute ni la moiteur infernale régnant dans le bus bondé n'arrivent à troubler mes pensées. Je passe en revue chaque personne grâce à laquelle j'ai pu monter dans ce bus. D'abord la chef des chiffonniers. Si elle ne m'avait pas confiée à sœur Jojo, qui sait si je serais vivante à l'heure qu'il est ?

Sœur Jojo m'a emmenée dare-dare à l'hôpital. Si elle n'avait pas forcé la main aux médecins surchargés pour qu'ils me gardent, et si son association n'avait pas payé les médicaments, que serait-il advenu de moi ?... Et, pour finir, il y a eu mère Anna, qui a accepté de me prendre à l'orphelinat.

Elle m'a proposé d'aller à l'école et d'aider les plus jeunes. J'ai accepté avec joie, bien sûr ! On m'a donné des vêtements propres, c'est-à-dire une robe. On m'a débarrassée des poux laissés en souvenir par mes amis de la décharge. À me voir aussi dure à la tâche, zélée avec les petits, satisfaite de tout, personne n'aurait pu se douter que je filerais à la première occasion. Mais pouvais-je révéler à mère Anna que je voulais retrouver Murugan ? Elle ne m'aurait jamais laissée partir !

Le moment venu, j'ai volé de quoi prendre le train dans une enveloppe destinée à payer le cuisinier. Elle était sur le coin du bureau de mère Anna. J'ai pris juste ce qu'il me fallait. J'ai écrit sur l'enveloppe, en hindi : « Je promets de rendre cet argent, par Notre Seigneur. » Parce que, pour mère Anna, Notre Seigneur a plus de poids que pour moi Sarasvati, Ganapati et Parvati réunis.

J'avais volé autre chose, deux jours avant... Le short, la chemise et la casquette du fils de la gardienne, qui séchaient sur un fil à linge dans la cour. Ça a fait toute une histoire dans l'orphelinat. Les dortoirs ont même été fouillés! Sans succès. J'avais glissé mon larcin sous le banc du confessionnal, dans la chapelle; personne n'a eu l'idée de regarder à cet endroit. Je les ai revêtus hier soir, au moment de m'enfuir. J'ai aussi emporté la robe, roulée dans un foulard.

Au fur et à mesure que le bus approche de Hampi, mon cœur bat la chamade. Une crainte s'insinue en moi, telle la tête d'une couleuvre d'eau pointant hors de la rivière. Et si je ne trouvais pas Murugan? Et si Boss et Shoraf avaient emmené mon ami ailleurs? Et si?...

Chapitre 24

Le bus s'arrête à la gare routière, soulevant un nuage de poussière. Le goudron n'a pas cours dans le village de Hampi, pareil en cela à Yamapuram. J'aide à descendre le ballot qu'une vieille femme me désigne. Une fois les pieds par terre, au lieu de reprendre son bien, la vieille m'intime d'un regard l'ordre de la suivre. Je retrouve les coutumes de la campagne auxquelles je suis habituée : toute grand-mère est la tienne quand elle a besoin de toi. J'obéis donc sans discuter. Le ballot, en effet, pèse un bon poids. La grand-mère traverse sans se presser l'effervescence de la gare et débouche dans une large allée bordée de magasins et de restaurants pour touristes. Une porte de temple en pyramide s'élève au bout de l'allée. J'ai le loisir de l'admirer, car la grand-mère avance à la vitesse d'un scarabée. Je longe un abri en tôle d'une bonne hauteur, planté au milieu de l'allée. Je lorgne en passant à travers une fente. C'est le char du temple, qui attend à l'ombre la procession annuelle.

La grand-mère tourne à droite avant le temple dans une ruelle tortueuse. D'autres échoppes et d'autres restaurants se succèdent. Plusieurs touristes étrangers sont affalés devant des sodas : l'un d'eux est aussi hirsute que mon ébouriffée de la décharge. Des haut-parleurs du café ne sort pas la chère voix de Lalita Ramesh, mais le son électrique d'une musique occidentale.

Encore un tournant, et nous arrivons, au bout de la ruelle, à une large rivière ! La grand-mère s'y arrête et me fait signe de déposer mon ballot. Avant de s'accroupir et de s'asperger le visage, elle me dit quelques mots, le doigt pointé vers la rive. Elle désigne les marches qui descendent dans l'eau, là où les villageois font leurs ablutions et lavent le linge. Seules les trois premières, où la vieille s'est assise, émergent de l'eau. Le reste est inondé par la crue.

Je me rafraîchis moi aussi, bien contente de poser mon fardeau. Mais nous ne sommes pas encore arrivées. La grand-mère me conduit dans un dédale de rues de plus en plus étroites. Cette fois-ci, plus de magasins pour touristes, mais les ouvertures de maisons en terre où j'aperçois des scènes bien connues.

La grand-mère répond sans se retourner à plusieurs saluts. Une odeur d'aubergines grillées provoque une crampe dans mon estomac. Il doit être dix heures du matin, et je n'ai pas mangé depuis hier soir. Le ballot me paraît de plus en plus lourd.

La vieille entre enfin dans l'une des maisons. La pièce est sombre et fraîche à côté de la chaleur du dehors. Dans un coin, un bébé dort sur un linge, le derrière à l'air. La grand-mère me fait signe de m'asseoir près d'elle sur la natte.

La mère du bébé, assez jeune pour être ma grande sœur, s'affaire devant sa casserole. Elle pose devant moi un gobelet d'eau et une grosse boulette de riz froid, mouillée du bouillon qu'elle est en train de cuire.

Je mange sans me faire prier. La jeune mère me dit quelques mots ; la conversation s'arrête vite, vu les trois mots de vocabulaire que je possède en langue kannara. Je lui rends son gobelet, après m'être rincé les doigts avec les trois gouttes qui restaient au fond. Au moment où je remercie et prends congé, un garçon de l'âge de Murugan entre dans la pièce.

En me voyant, il fronce les sourcils et parle d'un ton courroucé à la jeune mère. La grand-mère, qui somnolait, rouvre les yeux et lui désigne le ballot d'un air apaisant. Ce qui n'empêche pas le gars de marmonner entre ses dents des mots peu sympathiques à l'adresse de la jeune femme. Je comprends très bien ce qui est en train de se passer. Le petit beau-frère fait honte à sa belle-sœur de recevoir un inconnu dans la maison, histoire de lui montrer qui fait la loi. Des humiliations de ce genre, j'en ai déjà été témoin tant et plus. J'ai vu ma mère les subir de la part de mon cousin.

Je fais un *namasté* et m'empresse de sortir. À mon grand déplaisir, le garçon m'emboîte le pas. Comme disait grand-père au village : « Si un serpent s'enroule autour de ta jambe, c'est qu'il va te mordre » ! Il me pose des questions en kannara. Pensant m'en débarrasser, je lui parle tamoul. Le garçon ne se démonte pas. Il répond en tamoul également. Content de m'épater, il en rajoute ; il connaît encore deux autres langues du Sud, le télougou et le malayalam. « Si tu les parles aussi bien que le tamoul, tu aurais mieux fait d'en apprendre une seule correctement », pensé-je. Mais je garde pour moi ma réflexion.

— Pourquoi pas à l'école, toi ? embraie Ramesh — c'est son nom.

Je remarque le paquet de cartes postales dans sa main. J'ai envie de lui retourner la question; car je devine à quelle occupation il se livre, au lieu d'être lui-même à l'école. J'ai observé, à Kanyakumari aussi bien qu'à Mysore, le manège des vendeurs de cartes postales. Ils s'approchent des touristes et leur montrent les cartes, une par une. Si la personne n'en veut pas, ils la suivent et la harcèlent jusqu'à ce qu'elle leur en achète pour se débarrasser d'eux.

Évidemment, Ramesh craint la concurrence. Voilà pourquoi il insiste :

— Tu veux faire argent tourisme, toi ? Pas de place, ici ! Pas voulons nouveaux, nous !

— Je ne viens pas faire argent, moi, dis-je en prenant soin d'articuler. Je suis venu chez oncle pour chercher cousin moi.

Ramesh fronce les sourcils :

— Qui, cousin toi ?

Ma poitrine se gonfle d'espoir. Je décris Murugan à Ramesh, en essayant de reproduire les gestes et les mimiques de mon ami. Ramesh secoue la tête. À mesure qu'il m'écoute, son visage se fige peu à peu. Une lueur d'effroi passe dans son regard. Il me lâche sans un mot, et tourne brusquement les talons.

Chapitre 25

Une traînée mauve se déploie dans le ciel, voile mélancolique tiré sur la face du jour. Les chants me parviennent, tout proches, des oiseaux perchés dans les arbres au-dessus de moi. Je ne les écoute pas, occupée à réfléchir. Je me pelotonne sur la pierre, tant bien que mal. Ici, dans ce repli de rocher, je me sens en sécurité. Personne ne viendra me déranger.

Même si le paysage de Hampi est différent de celui où je suis née, je me suis sentie chez moi dès que j'ai atteint la limite des habitations. Je suis montée sur la roche parmi les buissons, tournant le dos à la rivière, jusqu'à me juger assez éloignée des occupations humaines. Alors j'ai cherché et trouvé dans les blocs de pierre l'endroit qu'il me fallait. J'ai sorti Sarasvati de ma ceinture et lui ai offert des fleurs sauvages et mon chant, avant de me coucher.

Mon arrivée en compagnie de la grand-mère et l'épisode avec Ramesh m'ont appris deux choses : ici, comme à Yamapuram, tout le monde se connaît ; ma présence sera vite repérée, surtout aux horaires d'école. Par ailleurs, il me faut éviter tous ceux qui misent sur les touristes, sinon je risque de passer un sale quart d'heure...

Tout cela est peu compatible avec la nécessité de me

promener et de fureter partout si je veux retrouver Murugan. Comment faire?

Une idée fait naître un sourire sur mes lèvres. Demain, je m'habillerai en fille. Ce sera ma seconde chance; personne ne m'aura encore vue. Les gens trouvent normal qu'une fille n'aille pas à l'école. En plus, je pourrai... Je pourrai... Je m'endors avant d'avoir achevé ma pensée.

Le lendemain matin, une fille vêtue d'une robe rouge hibiscus transporte sur sa tête, protégée par un foulard rose vif, un fagot d'épines qui dissimule en partie son visage. Le fagot se promène tout au long du jour, d'abord à la périphérie du village, puis sur les petites routes goudronnées qui mènent à d'autres villages. Peu avant l'heure de la sortie de l'école, le fagot est déposé sur le bord de la rivière. À cet endroit, le flot impétueux est forcé de ralentir. Il forme une poche, étranglé par le passage entre les rochers. La fille s'immerge dans l'eau, tout près du bord. Les muscles délassés et la peau rafraîchie, la robe trempée, je remonte avec mon fagot sur la tête, sous les yeux ravis de touristes en train d'admirer le point de vue.

Quand j'ai parcouru une bonne distance, je jette un coup d'œil autour de moi. Les touristes sont hors de vue. J'entre dans ma mini-grotte et pose mon fagot à l'entrée de l'ouverture. Puis je redescends au village par un autre chemin.

À la gare routière, j'achète des boulettes de riz fermenté. Le goût de la sauce encore sur la langue, sans être rassasiée, je me dirige vers le temple.

Je suis prise d'un fol espoir en passant sous le porche. C'est là, bien sûr, que je vais retrouver Murugan! Depuis que nous voyageons, les temples ont toujours été notre refuge.

Je parcours des yeux l'immense cour qui précède celle où se trouve le sanctuaire ; une scène y est dressée pour les concerts du soir. Quelques groupes dispersés discutent à l'ombre des arbres, sur les bancs de ciment encerclant les troncs.

L'éléphante sacrée du temple, Lakchmi, arrive de son bain avec son cornac et se poste près de l'entrée. Une file de gens munis d'offrandes viennent à sa rencontre pour se faire bénir. Je m'amuse un moment de son habileté. Lakchmi saisit l'offrande et ne se trompe jamais. S'il s'agit d'une pièce ou d'un billet, elle les donne à son maître, s'il s'agit d'une banane, elle la porte à sa bouche. Puis elle pose le bout de sa trompe sur la tête inclinée du donateur.

Je pénètre dans la seconde cour, où se trouve le sanctuaire. J'ai beau regarder derrière chaque colonne, je n'aperçois pas l'ombre d'un Murugan. J'observe à en être étourdie les allées et venues des touristes et des fidèles sans jamais l'apercevoir parmi eux. Le jour baisse et c'est la *puja* du soir. Les statues de Shiva et de son épouse Parvati sortent du sanctuaire sur les épaules des prêtres et font le tour de la cour, au son des trompettes, des cloches et des percussions.

La nuit est tombée. Les flammes brillent sur les plateaux d'offrandes. J'ai beau prier, on dirait que là-haut personne ne m'entend. Une voix découragée me souffle que Murugan n'a peut-être jamais mis les pieds ici. Je ne vais pas remonter dans le noir jusqu'à mon rocher, alors je m'installe avec les pèlerins dans la première cour. Les couvertures s'étendent un peu partout, des femmes sortent leur nourriture empaquetée et la distribuent à leur famille. Les bout incandescents de quelques *bidis* tracent des courbes lumineuses, telles des lucioles, dans l'obscurité. L'odeur familière d'un feu de bouse me fait me sentir encore plus seule. Je m'endors le ventre vide, le moral à zéro.

Chapitre 26

Le jour suivant est un samedi ; j'ai projeté d'accompagner les visiteurs du week-end dans leur visite touristique du site. Réveillée dès l'aube, je rejoins la seconde cour. Je repère une famille de touristes indiens venus assister à la *puja* du matin.

Ils sortent du temple par l'ouverture opposée à l'entrée, qui donne sur les ruines. Avec moi sur leurs talons. Je les suis d'assez près pour qu'on puisse croire que je suis avec eux, et d'assez loin pour qu'ils ne fassent pas attention à moi. Derrière eux, je parcours les rochers de granit brun rosé, tels la courbe du dos d'un éléphant géant et ses flancs à pic. Les ruines sacrées, vieilles de six cents ans, s'y échelonnent à perte de vue.

Au bout d'une demi-heure de promenade, ma famille d'adoption, après avoir longuement marchandé le prix de la course, embarque dans un *rickshaw*. Ce dernier s'éloigne en pétaradant. Je marche dans la même direction. Depuis que je suis arrivée à Hampi, la mousson fait une parenthèse ; dans le ciel haut et clair, le soleil chemine de concert avec moi et me rôtit amoureusement. Je commence à tirer la langue.

Un temple de pierre blonde se dresse au bord de la

route, surmonté de deux étages de statues et de briques rouges effritées. En y pénétrant, j'ai la sensation inexplicable que ce lieu m'attendait.

J'entre, effleurant le seuil de mes doigts avant de les porter à mon cœur. À l'intérieur se dresse un monde de colonnes et de façades ornées de figures. Les statues sont ciselées comme de délicats bijoux de pierre. Une danseuse royale lance son foulard en arc au-dessus de sa tête. Krishna souffle dans sa flûte, la tête penchée. Un singe épluche une banane, tournant le dos à celui à qui il vient de la voler. Tout ce monde vibre gracieusement sous mes yeux.

Le temple, à l'écart des autres ruines, reste désert. Je songe à partir quand j'entends une voix sonore, sur le seuil, donner des explications en hindi.

Une poignée d'étudiants est là avec un professeur. J'écoute avec intérêt ce qu'il raconte. Les élèves se montrent amicaux avec moi ; sûrement ont-ils laissé à la maison une sœur de mon âge. Ils m'offrent des biscuits, des fruits et une demi-cannette de Coca-Cola avant de repartir. Le liquide sirupeux est chaud et trop sucré, mais je le bois sans me faire prier.

Sur une pierre de la cour, à l'ombre, je déguste mes fruits et mes biscuits. Je tombe dans un demi-sommeil où les statues s'animent et murmurent. Une voix haut perchée me réveille, juste derrière le pilier où je suis adossée. Une fillette demande à sa mère en tamoul ce que représente l'une des figures de pierre. La mère hésite entre deux déesses.

Sans réfléchir, je me montre ; je répète ce que je viens d'entendre de la bouche du professeur. Emportée par mon enthousiasme, j'ajoute quelques détails de mon cru. La fille écoute, bouche bée. La mère appelle son mari :

— Ravi, viens voir un peu par là !

Je fais le tour du temple en guidant Ravi, sa femme et leur fille. Au moment de partir, la mère me glisse un billet de cinq roupies dans la main…

Je noue l'argent dans un coin de mon foulard. C'est un signe ! Dans le temple à nouveau désert, je chante pour les dieux. Les notes montent, limpides et fluides, vers le ciel, telle la fumée de l'encens de la fabrique Chandanam. Emportée par la joie de chanter dans ce lieu béni, j'enchaîne les hymnes et les improvisations.

Chapitre 27

Le soleil quitte les pierres de l'orient et lèche celle de l'occident. Je chante toujours. Quelqu'un éternue dans la cour noyée d'ombre. Je m'arrête, tremblante, et lorgne entre les colonnes. Je crois avoir une vision en reconnaissant la jeune étrangère de Mysore. C'est bien elle, pourtant! Elle est assise sur le rebord d'un pilier, son sac à côté d'elle; je remarque le fil qui va du sac à un petit objet noir entre ses doigts.

Tranquillement, elle enroule le fil et range l'objet dans son sac. Elle me sourit. Ce sourire enlève toute la gravité de son visage. De nouveau, comme à Mysore, elle m'inspire confiance. Elle joint les mains en *namasté*, sans bouger de sa place. Elle se touche le sternum et dit:

– Margaux! *You?* demande-t-elle en me désignant.

Ses gestes sont lents et doux, comme si elle proposait une miette à un écureuil rayé.

Un instant, je me demande si elle m'a reconnue. Probable que non. À présent, je porte ue robe, et puis elle a dû en voir, des enfants, pendant son voyage. Je lui réponds:

– Isaï.

Je ressens une étrange impression en disant mon prénom: depuis que je suis partie du village, je ne l'ai jamais dit à quelqu'un, même pas à mère Anna. Par gestes,

Margaux me demande si j'habite le village. Je secoue la tête négativement, ce qui la rend songeuse. Pendant quelques minutes, nous «bavardons» ainsi, avec des mimiques et des rires. Je désigne les statues du temple et je dis leur nom à Margaux. Celle-ci sort un carnet de son sac et les inscrit d'un air attentif.

Ce carnet m'attire. Entre deux tranches de carton plastifié à spirales, les feuilles ouvertes sont sans lignes, aussi lisses et blanches que de la crème de riz. Il est couvert de lignes d'écriture. Elles ne ressemblent pas à de minuscules guirlandes de fleurs comme l'hindi ou le tamoul, mais plutôt à une file de fourmis à la queue leu leu.

Margaux me le tend. Je tourne les pages et ris de plaisir en découvrant quelques dessins. Un oiseau bulbul, une vache aux cornes biscornues, un *kolam* entouré de deux cobras, comme en tracent les femmes ici, à Hampi.

Plus loin, un dessin m'arrête. C'est le visage d'un jeune garçon qui porte un turban, la bouche entrouverte : il est en train de chanter. Je ne peux en détacher les yeux. C'est comme si je me regardais dans un miroir.

Troublée, je me mire dans ce visage. J'y reconnais ce qui appartient à ma mère : l'ovale du visage, le front bombé, le nez fin. Je devine ce qui doit venir de mon père : la bouche charnue, les sourcils vigoureux, le menton volontaire. Quand je relève la tête, mon regard rencontre celui de Margaux. Elle a cet air sérieux, concentré, qui m'est déjà familier. Elle s'est attardée à m'écouter parce qu'elle m'a reconnue, j'en suis sûre à présent. Elle m'effleure la joue d'un geste affectueux. Elle prend son temps pour me demander, se désignant puis me désignant, si je veux bien l'accompagner.

De nouveaux visiteurs se font entendre dans la cour. Cette fois, je n'hésite pas. Je prends la main que me tend Margaux et sors du temple avec elle. Elle se dirige vers un scooter garé au bord de la route. Avalant ma salive, je monte hardiment en amazone sur le porte-bagages.

Chapitre 28

Je pique avec ma fourchette une boulette cuite à la vapeur. Je la porte à ma bouche avec une joyeuse grimace. Depuis une semaine, je m'exerce à manger à l'occidentale avec Margaux. En contrepartie, Margaux s'exerce à manger avec pour tout couvert les cinq doigts de sa main droite ; mais, pour cela, il faut sortir du village où nous logeons avec Parvati. Car, à Hampi, les restaurants sont faits pour les touristes. Les menus affichent : pizzas, nouilles coréennes, toasts marmelade et hamburgers.

Depuis une semaine, je dors par terre sur la terrasse qui donne sur la chambre des deux amies. J'ai refusé le lit de camp qu'on a apporté pour moi. Je n'apprécie pas de dormir si loin du sol, ni de rebondir sur la toile quand je me retourne.

La première nuit, je n'ai pas pu m'endormir : au-dessus de moi, le ciel scintillait d'étoiles, merveilleusement visibles grâce à une panne d'électricité. Elles palpitaient, aussi proches que le battement du cœur de maman, autrefois, contre mon oreille.

Les larmes se sont mises à couler sur mes joues. Du jour au lendemain, j'avais l'assurance qu'on s'occuperait de moi. J'étais désormais en sécurité. Mon corps et mes cheveux embaumaient le shampooing douche «touristique». Ma robe rouge était lavée de frais. À mon bras luisait même le bracelet d'or de Dayita, démailloté de ses chiffons. Je ne ressentais pas d'étonnement. J'étais seulement submergée par l'amour de l'immense déesse mère, douce respiration de l'univers nocturne.

Encouragée par ce que j'ai lu dans les yeux de Margaux, j'ai raconté mon histoire à Parvati sans rien dissimuler. Elle m'a écoutée, les yeux ronds, en poussant des *«Arré!»* et des *«Jai Devi!»*. Ensuite, elle a longuement discuté avec Margaux en anglais.

Il m'est arrivé quelque chose d'extraordinaire. Pour la première fois depuis que je suis au monde, on m'a demandé comment je voyais ma vie. Les deux filles m'ont fait des propositions et elles m'ont offert de choisir! L'avenir que je souhaite le plus au monde n'est plus un rêve incertain, mais une promesse.

Il était hors de question pour moi de rentrer au village chez ma tante. Parvati a proposé une école de chant à Bombay, que Margaux s'est engagée à financer.

Parvati m'a fait comprendre que j'ai peu d'espoir de retrouver Meyyan, mon père, avec des renseignements aussi maigres. «Tu sais combien il y a de pâtisseries, à Bombay?» Mais elle a promis d'en parler à Premlata Charan, sa tante de Bombay, à qui elle projette de me confier.

Margaux et Parvati veulent remonter bientôt vers le nord. «Dans quelques jours, tu seras avec nous sur la côte de Malabar, avant que nous filions sur Bombay», m'a dit Parvati. Je suis devenue aussi sombre qu'un ciel d'orage. Il n'est pas question pour moi de partir avant d'avoir retrouvé Murugan!

Parvati a regardé Margaux et elles ont encore discuté. Margaux désire me satisfaire, du moment que c'est en son pouvoir. Elle m'a proposé un marché : chaque jour, elle m'emmènera sur le scooter de location ; nous irons sur le site et sillonnerons la campagne à la recherche de mon ami. Elle espère, je crois, que je vais me décourager.

Les premiers mètres sur le scooter m'ont fait mourir de peur. Mais, très vite, j'ai raffolé de ces sensations nouvelles : la vitesse, le vent, le paysage qui défile. Margaux conduit sans hâte. Elle chantonne dans sa langue des mélodies qui surprennent et charment mes oreilles. J'aime improviser sur deux notes que j'attrape au vol, ou en prenant comme bourdon le bruit du moteur.

J'aime notre errance dans les ruines. Elles aussi chantent, à leur manière, une très ancienne mélopée, dans une procession de personnages, d'éléphants, de singes, de poissons, d'oiseaux et d'animaux fantastiques.

Le troisième jour de vadrouille, nous descendons une côte caillouteuse, sans temple en vue : Margaux s'est trompée de direction. Comme nous rejoignons la route, un claquement sec retentit. Je sens l'arrière du scooter chavirer sous moi ; le pneu vient d'éclater. Devant son air consterné, je fais comprendre à Margaux de ne pas s'inquiéter. Il suffit d'attendre que quelqu'un passe par ici !

Un vieil homme à vélo, dès qu'il arrive à notre hauteur, comprend la situation. Il nous fait signe d'attendre. Un peu plus tard, un homme plus jeune s'arrête près de nous. Il confie son vélo à Margaux pour pousser le scooter le long de la route. Nous faisons ainsi deux bons kilomètres sous le soleil brûlant. De temps en temps, Margaux me regarde d'un œil noir, les sourcils levés, l'air de dire :

«Jusqu'où ce type croit nous faire aller, à Bombay à pied ou quoi? Ils sont fous, ces Indiens!»

Elle pousse une exclamation soulagée en voyant apparaître des bicoques sur la route. Quelques mètres après la première, l'homme s'arrête. Il reprend son vélo, accepte les quelques roupies que lui tend Margaux et disparaît sans dire un mot.

Chapitre 29

Nous sommes dans l'atelier de réparation d'un garagiste-
épicier : entre une cahute de bois où trônent quelques
noix de coco, des biscuits et des bonbons, et un abri de
tôle où sa femme et sa fille aînée s'affairent à la cuisine, le
maître des lieux travaille sur le bas-côté de la route, les
mains noires de cambouis, à graisser une chaîne de vélo.
En voyant arriver des clients, il lâche ce qu'il est en train
de faire, s'essuie les mains sur un chiffon et entreprend de
démonter la roue du scooter.

— Samir ! appelle-t-il.

Un garçon de mon âge surgit de derrière la tente. Un
coup d'œil à son père, et il revient avec une bassine où
s'agite un fond d'eau. Le garagiste lui confie la chambre
à air qu'il vient d'extirper non sans peine. Samir la plonge
dans l'eau morceau par morceau, guettant la bulle qui tra-
hira le trou. Le garagiste est aussi épicier. Il propose à
Margaux et à moi le lait d'une noix de coco verte, seulement sept roupies chacune – en attendant la réparation.
D'un coup de machette, il en décapite deux et y glisse
une paille avant de nous les remettre. Je tire sur la mienne
avec délice. Il y a peu de temps encore, je regardais avec
envie les touristes qui s'offraient le lait des noix de coco
vertes.

Deux petites filles de sept et quatre ans nous fixent, Margaux et moi, avec curiosité. La plus âgée est distraite de sa contemplation : un jeune homme tape de l'ongle sur l'un des bocaux en plastique du stand. Elle s'installe derrière le comptoir, pioche un bonbon de sa menotte large comme un pétale de magnolia et prend sa monnaie en retour, telle une épicière chevronnée.

Une charrette remplie de monde arrive du côté où s'étend le village. Le visage de la vendeuse de bonbons s'illumine. Elle crie quelque chose en kannara à l'adresse des siens. Nous suivons son regard : un jeune garçon vient de sauter de la charrette. Un hurlement jaillit de ma poitrine :

– Murugan !

Je me suis élancée vers lui ; me souvenant juste à temps que je suis une fille, je me voile pudiquement la bouche de mon foulard.

Tout le monde nous observe bouche bée.

Le visage de Murugan est passé de l'incompréhension à la surprise, puis à l'incrédulité ; et, pour finir, il exprime un tel sentiment de bonheur que je crois que moi aussi j'en mourrais de joie.

Mon ami presse ses paupières du pouce et de l'index. Il essuie machinalement ses doigts sur l'arrière de son short ; à nouveau, il me couve de ses yeux étincelants, comme s'il redoutait que je sois une vision qui va disparaître dans une seconde. Le sourire qui m'a tant manqué s'élargit sur son visage, découvrant ses dents si blanches.

Chapitre 30

Sur un rocher plat, au-dessus de Hampi, deux silhouettes se découpent sur le ciel, celle de Murugan et la mienne. Le soleil décline ; tout à l'heure, les touristes s'amasseront plus bas pour admirer le coucher du soleil sur la rivière. Autour de nous, personne.

Mon ami et moi pouvons enfin nous confier les milliers de choses que nous avons gardées pour ce moment. Une vache brune descend vers le village, solitaire, ses sabots dérapant un peu sur le rocher. Des oiseaux pépient dans les feuillages. Un lézard orange vif s'est enfui de notre rocher en faisant des bonds.

Avant de grimper sur les hauteurs, nous sommes passés par le temple. À l'entrée, là où sont installées toutes les vendeuses d'offrandes avec leur panier, Murugan s'est accroupi devant la plus jeune et me l'a présentée.

– Voici Sheema, m'a-t-il dit. Elle m'avait promis de me prévenir lorsqu'un garçon avec un turban se présenterait au temple. Je savais que, dès ton arrivée, tu irais faire une *puja* et que tu prierais pour me retrouver. Je pensais qu'ainsi je ne pourrais pas rater ta présence à Hampi !

Murugan a ajouté avec une grimace :

— Comment deviner que ce serait une jolie fille en robe rouge qui passerait le seuil du *gopuram* ?

Nous avons acheté à Sheema une noix de coco, des fruits et des fleurs. Murugan a tenu à payer avec son salaire de garagiste. Il me parle avec émotion d'Ismaïl, son patron, qui lui a donné du travail et l'a traité comme son fils.

— Tu sais ce qu'il m'a dit ? « Chez nous, les musulmans, il n'y a pas de castes, pas de différences entre les hommes. Il suffit de craindre Dieu et de bien se conduire. »

Quand je demande à mon ami comment il est arrivé chez Ismaïl, son visage se crispe.

— Raconte, toi, plutôt, murmure-t-il.

Il finit par se libérer de son histoire à voix presque inaudible, sans quitter des yeux la pierre qu'il triture avec ses doigts, et je dois entendre entre les mots. Boss, attiré par les jeunes garçons, trouvait Murugan magnifique et voulait abuser de lui. Arrivés à Hampi, Boss et Shoraf ont loué une chambre à l'écart des autres, sur une terrasse. Shoraf a acheté un tissu de sari synthétique au bazar, qu'il a suspendu par-dessus le voile léger de la fenêtre, afin de plonger la pièce dans l'obscurité. Ils ont fermé la porte à clé ; ils ont bu de la bière et ont fumé du *bang*, forçant Murugan à tirer des bouffées après eux. Le garçon a fait semblant d'avaler la fumée ; malgré sa panique grandissante, il s'efforçait de garder son sang-froid, tout en cherchant un moyen de fuir. Profitant de l'inattention des deux hommes, il a attrapé le briquet et mis le feu au rideau improvisé de Shoraf. Puis il s'est précipité dans la salle de bains et a sauté par la fenêtre, qui donnait sur la cour de la maison voisine... trois mètres plus bas.

Je passe le doigt sur la longue cicatrice qui zèbre la cuisse de mon ami.

— Le grillage de la fenêtre, commente Murugan. C'est la femme d'Ismaïl qui m'a soigné.

Il a couru sans s'arrêter à travers le village, puis sur la route. Il faisait nuit ; il n'a pas vu Ismaïl, qui arrivait à vélo et qui l'a renversé.

— Quand il m'a relevé, poursuit Murugan, je tremblais de tous mes membres sans pouvoir m'arrêter, pire qu'un chien qui va mourir. Ismaïl m'a ramené sur son guidon. Sa femme m'a soigné et ils m'ont gardé pour la nuit. Le lendemain, j'ai travaillé pour le remercier, et ensuite il m'a invité à rester. Il ne m'a jamais posé de questions. Sa femme m'a nourri. Ce sont des gens…

Murugan n'achève pas sa phrase, il secoue seulement la tête. Je serre la main brune qui repose sur le rocher. Je la presse contre ma joue. À ma tristesse pour Murugan vient se mêler la haine de ceux qui voulaient abuser de lui. Je ressens une envie sauvage de couper les deux hommes en morceaux et de les voir se tortiller comme des vers sur le sol. Cette douleur acide au creux du ventre, je la reconnais. C'est celle que j'ai éprouvée le jour où ma tante m'a fait raser la tête. Comme alors, je sais que, si je me laisse envahir par elle, elle me détruira. Mais cette fois, je n'ai pas besoin d'appeler ma mère à l'aide. Je me sens forte. Si je surmonte ma rage, cette énergie, je sais que je pourrai l'utiliser.

La main de Murugan toujours dans la mienne, je la frappe sur le genou de mon ami, lentement, plusieurs fois ; lorsque je le lâche, Murugan continue le rythme, y joignant sa main droite. Ma voix monte vers le ciel en une mélopée lancinante ; on pourrait y entendre la plainte des sans-rien, les sanglots des torturés.

Insensiblement, le rythme se modifie et s'accélère. Le chant devient la détermination des rebelles, la ténacité de l'amitié. Nous terminons en un motif plus joyeux : c'est notre espoir en demain…

III

LE RAJAH À LA ROSE

Chapitre 1

Bombay, capitale du Maharashtra. École de chant Saregama.

— Veena, ta voix est partie en arrière!

— Anita, c'est mieux, mais je vois tes doigts de pieds bouger. Ton énergie ne doit passer que dans ta voix. Le chant, c'est la voix, seulement la voix et rien que la voix!

— Lakchmi, ouvre tes côtes! Combien de fois devrai-je le dire?

La professeure de chant s'avance dans ma direction, slalomant entre les élèves assises en tailleur. S'immobilisant près de moi, elle rajuste le pan flottant de son sari, qui vient m'effleurer la nuque.

— Isaï, est-ce que tu viens de répéter la phrase que j'ai donnée, ou ai-je entendu autre chose?

Je ne réponds pas, même d'un haussement de sourcils, pour ne pas gaspiller mon énergie. Jusqu'à la fin de l'après-midi, je m'applique à égrener mes exercices sans varier d'un demi-ton. À la fin du cours, Mme Rulewala me retient un instant dans la classe. J'attends qu'elle me parle… Elle me dévisage sans prononcer un mot.

— Les vacances de Diwali arrivent dans deux mois, finit-elle par dire. La semaine précédant les congés, nos élèves passent en audition devant la direction de l'école. En principe, je ne devrais pas te présenter, puisque tu n'as pas commencé l'année avec les autres…

Le regard de Mme Rulewala s'égare au-dessus de mon épaule. Elle parle lentement, en choisissant ses mots.

— Pourtant, je te crois capable de réussir ton audition, continue-t-elle. Ton oreille est exercée. Tu cherches les aigus en restant bien ancrée, tu portes tes graves sur un plateau stable, tes variations sont fluides… Tu as de la pratique, c'est indéniable. Tu as compris que le chant, c'est l'exercice, seulement l'exercice et encore l'exercice !

Elle s'exclame, avec une brusque envolée de mains :

— Tu pourrais être l'élève idéale, si tu n'avais pas ces dérapages bizarres !

Je crispe mon poing sur le foulard de mon *salwar kamiz*. Mme Rulewala parle maintenant à toute vitesse :

— Tu reproduis sans une erreur la phrase musicale, puis tu te mets à ajouter des ornementations de ton cru ; ou même, tu chantes autre chose. Et le pire, c'est dans le ton ; c'est d'autant plus inacceptable ! Où es-tu ? Quelque part *à côté* !

Elle se tait. J'ai baissé respectueusement les yeux. Je vois frémir le bas de son sari. Attend-elle que je donne une explication ? Je ne trouve rien à dire.

Elle soupire :

— Ma fille, tu dois faire un effort. Le chant, c'est la concentration, seulement la concentration, et encore la concentration ! Je te présenterai et je veux que tu fasses honneur à mon cours.

Je hoche la tête, signifiant qu'elle peut compter sur moi.

Chapitre 2

Dans le bus du retour qui me ramène chez tante Premlata, j'évite de repenser aux reproches de ma professeure.
Par chance, Veena et Lakchmi, qui font la moitié du trajet avec moi, pépient comme des folles. Je suis une des
seules élèves que les deux amies tolèrent dans leur bulle
très privée : elles ont vite estimé que « la nouvelle » était
sans danger pour leur exclusivité réciproque !

Ma réputation est celle d'une solitaire, à l'école de
chant comme à l'école publique où je me rends le matin.
Quand je suis arrivée, à la fin août, les autres avaient commencé leur année depuis deux mois. Les petits groupes
d'amis s'étaient déjà formés. Je n'ai eu envie d'appartenir
à aucun. Avec mes camarades aussi, peut-être suis-je *à
côté* ?

Veena et Lakchmi descendent à leur station en me
disant à demain dans un éclat de rire. Comme d'habitude,
je me rapproche de la fenêtre. Je chéris ce moment du
trajet où je suis seule ; je joue à être encore aux côtés de
Murugan. Je commente dans ma tête, comme si j'étais
avec lui, les bribes d'histoires qui se déroulent sous mes
yeux. Tu as vu ce jeune homme, à l'arrêt de bus d'en face ?
Il dévore des yeux une fille. Elle, elle n'a même pas remarqué sa présence… Oh, là là, il n'a aucune chance : elle

n'attendait pas le bus, mais la voiture de son père. Tiens, le chauffeur se penche pour ouvrir la portière arrière. Ça y est, elle monte dedans !

— *Ayo !* Un grand classique de l'amour impossible, ma chère, fait une voix profonde derrière moi, en tamoul. Tu as remarqué l'élégant *salwar kamiz* de la belle, son regard hautain d'héritière. As-tu noté le geste qu'elle a eu pour rattraper son foulard envolé au vent, afin d'éviter qu'il soit souillé par un contact impur ?

Je me retourne. J'ai une seconde de stupeur en découvrant le propriétaire de la voix. Contrairement au monsieur imposant que j'avais imaginé, je vois un homme fluet, une béquille sous le bras, qui se tient sur une jambe ; l'autre, déformée par la polio, imprime une forme bizarre au tissu du pantalon, d'où émerge une cheville tordue, pitoyable. Mais ses yeux, fixés sur la fenêtre, sont vifs et gais comme des poissons de rivière. Il continue, sans avoir l'air de s'adresser à moi :

— Et maintenant, regarde-le, lui : sa chemise en polyester, qu'il porte depuis deux jours, est froissée. Son pantalon présente les taches de celui qui a l'habitude de s'essuyer les mains sur ses cuisses… Je n'ai pas eu le temps de voir ses sandales, mais je les imagine d'ici. Tiens, au pied droit, je te parie qu'il y a une bride déchirée, qu'il a rafistolée avec le fil qui lui sert à pêcher les crabes, le soir, sur les rochers de l'avenue Marine Drive !

L'homme reporte les yeux sur moi. Dans un sourire, il achève :

— Ce pauvre garçon agit comme moi, j'en suis certain : le matin, quand il fait sa *puja* au temple, il va directement à la statue de Brahma, son créateur. Et voici ce qu'il lui dit :

«Ô, Brahma, à quoi as-tu pensé en me créant ainsi sans grâce et sans attraits? Crois-tu mériter les offrandes que je t'apporte? Non content de me faire naître dans une caste inférieure, laid et pauvre, tu as poussé la cruauté jusqu'à me donner deux yeux! Ainsi, je soupire après les jolies filles de famille dont le chauffeur vient me narguer en garant sa Mercedes devant mon arrêt de bus!»

Les yeux du petit homme pétillent tandis qu'il débite d'un trait sa dernière tirade, de sa belle voix de basse. Je pouffe, me couvrant la bouche avec le foulard de mon uniforme d'écolière.

Il me fait un *namasté*:

– Samuel Das, dit-il en s'inclinant de façon à la fois galante et comique. Mon nom t'apprend que je suis d'origine chrétienne. C'est en effet à Jésus et non à Brahma que je m'adresse quand je récrimine sur ma destinée.

Il me jette un de ses coups d'œil pénétrants et poursuit:

– Mais, comme le fils de Dieu se contente de me présenter son visage bienveillant, la tête un peu penchée, comme ça...

Je ris de plus belle devant la pose de Samuel Das imitant Jésus en croix, sous l'œil intrigué des autres passagers.

– ... j'ai décidé d'aider le destin moi-même, par un petit coup de pouce, continue imperturbablement Samuel Das. Depuis plusieurs semaines, en effet, chaque jour, en revenant de mon travail, je désire en secret adresser la parole à une adorable petite demoiselle qui prend le bus au même horaire que moi.

Un frisson me parcourt la nuque. Je me souviens que je ne devrais pas répondre à un inconnu dans les transports publics. Pourtant, rien dans l'attitude de Samuel Das ne dénote une mauvaise intention. En outre, nous sommes entourés de monde ; et, quand bien même il descendrait à mon arrêt, je sèmerais le handicapé en deux enjambées. Je continue donc à l'écouter.

L'expression de Samuel Das devient sérieuse. Sa voix profonde prend un accent de gravité.

— Cette demoiselle s'appelle Isaï. Elle se rend à école de chant Saregama l'après-midi. Elle est à moitié tamoule, à moitié hindi. Elle habite chez une tante et ses parents lui manquent sans doute, car, bien qu'elle fasse bon accueil aux plaisanteries de ses amies, son sourire ne parvient pas jusqu'à ses yeux.

Cette description me transperce. Elle est si inattendue que quelques larmes jaillissent de mes yeux. Samuel Das est consterné devant l'effet de ses paroles. Il se tape le front du poing, si rudement que sa béquille en tombe par terre.

— Non, mais quel rustre, quel buffle, quel buffle je suis ! répète-t-il.

Il fouille dans la poche de son pantalon et en sort un grand mouchoir blanc immaculé. Il me le tend d'un geste suppliant afin que je m'en tamponne les yeux. Je ne peux m'empêcher de sourire, tellement le petit homme est loin de ressembler à un buffle.

— À la bonne heure, fait celui-ci. Je ne sais pas comment je pourrais me faire pardonner !

Un soulagement sincère se lit sur son visage. Je suis prise d'un élan de sympathie envers lui, à la fois si sage et si enfantin. Je ramasse sa béquille et la lui tends. Le bus est en train de ralentir à mon arrêt, mais je ne veux pas le quitter sans un mot aimable.

– Au revoir, monsieur! lui lancé-je en me faufilant vers la porte.

– À demain, princesse! crie-t-il dans mon dos.

Le bus redémarre. Je m'aperçois que j'ai oublié de lui rendre son mouchoir. Au coin sont brodées les initiales S.D. Le drôle de voyageur n'a pas menti!

Chapitre 3

Sur la place où s'arrête mon bus, on vient d'installer une immense effigie de Ganapati. La saison des pluies se termine : ce sera bientôt la fête du dieu à tête d'éléphant. Je longe le marché par le côté ouest, mon chemin préféré pour rejoindre la maison de tante Premlata. Je hume l'air avec plaisir. L'odeur des végétaux s'élève du marché, mêlée d'effluves d'épluchures en décomposition. Les flaques de la dernière pluie de mousson sont encore visibles dans les creux. Je jette un coup d'œil, en passant, au groupe des « femmes de beauté ». Installées à côté des marchands de fleurs, elles proposent des manucures, et l'application de motifs de henné qui gantent la main jusqu'au bras…

À l'école, les trois quarts des conversations des filles roulent sur la beauté ; c'est une des raisons qui me font me sentir en décalage. Elles ouvriraient des yeux comme des billes si je leur disais : « Écoutez, j'ai été un garçon pendant plusieurs semaines. Croyez-moi ou non, je me fichais pas mal de savoir si mon turban mettait mes yeux en valeur ! »

Je ne me moque pas d'être jolie, bien sûr. Mais je n'ai pas l'habitude d'en parler. Il ne me viendrait pas à l'idée de m'écrier, comme Lakchmi: « Il me tarde d'être une femme! » en papillotant des yeux. Je me rappelle mon choc, à Hampi, à la question de Margaux:

— Quel genre de femme désires-tu devenir, Isaï?

— Je n'en sais rien! lui ai-je répondu. Je crois que, si c'était possible, je voudrais te ressembler. Tu voyages en Inde toute seule, en décidant pour toi-même de chacun de tes mouvements. Tu n'as pas de préjugés. Au temple de Mysore, tu t'es adressée à moi comme à une égale, alors que j'avais l'air d'un mendiant de basse caste. Et tu parles aux hommes de la même façon, sans gêne – sans pudeur, dirait-on au village!

Margaux a ri.

— Je n'agis pas aussi librement que tu le crois, m'a-t-elle affirmé. Les préjugés existent aussi en Europe; seulement, ce ne sont pas les mêmes!

En tout cas, elle a tenu sa promesse. Elle ne m'a pas oubliée en rentrant en France. Parvati non plus, en retournant à Delhi. C'est grâce à elles deux que je suis à l'école Saregama et que Murugan...

Murugan m'a demandé de ne pas dire la vérité à son sujet à Margaux et Parvati. Il craignait qu'elles ne le renvoient à Yamapuram, sachant qu'il avait une famille. Il a donc prétendu m'avoir rencontrée sur la route et être lui aussi un orphelin. Comme j'hésitais à mentir, il a trouvé l'argument pour me convaincre:

— Rappelle-toi notre ami Sundar, le montreur de singe. Il a quitté sa famille en quête de vérité. Je veux trouver la mienne, moi aussi. Aide-moi à saisir ma chance!

S'il l'avait pu, Murugan aurait voulu cacher aussi son statut de hors-caste. Mais il était plus plausible qu'il en soit un, s'il voulait faire passer son histoire d'orphelin, enfui d'une fabrique d'allumettes où il était exploité. Et puis, à Bombay, le mouvement de libération des hors-caste est très actif. C'est par lui que Parvati a trouvé la pension de garçons où Murugan est accepté gratuitement. L'après-midi, comme moi, il se rend dans une école de percussion. Si seulement l'endroit où il vit pouvait être moins loin d'ici! Cela fait un mois que je ne l'ai pas vu. Je ne peux pas me plaindre, mais il me manque à en crier.

Cette tristesse, c'est un étranger, Samuel Das, qui l'a perçue. Ni tante Premlata, qui m'héberge, ni Preeti, sa cuisinière, ne pouvaient la remarquer, malgré leur affection pour moi. Elles sont adorables toutes les deux, mais bien trop occupées. Lorsqu'elle rentre de l'hôpital, les soirs où elle revient avant le dîner, tante Premlata plonge directement sous la douche avant de pratiquer quelques exercices de yoga. Quant à Preeti, elle est pressée de retourner auprès de ses quatre enfants, après avoir fait les courses, le ménage et la cuisine pour nous…

Chapitre 4

Premlata Charan, la tante de Parvati, m'a plu dès qu'elle nous a ouvert la porte, quand Parvati m'a amenée chez elle. C'est une femme toute ronde, aux cheveux courts et au visage velouté.

Elle est fille de brahmane et d'une famille aisée. Elle aurait pu se contenter de faire un riche mariage et couler des jours paresseux. Elle a préféré suivre une autre voie ; jeune fille, avec son diplôme de médecin en poche, elle a parcouru l'Inde. À présent, elle est chef de service à l'hôpital. Elle est également la coordinatrice de plusieurs associations régionales, qui toutes se préoccupent du sort des femmes.

Elle vit seule et, avec sa vie bien remplie, elle a d'abord hésité à m'héberger. Elle nous a prévenues qu'elle n'aurait pas beaucoup de temps à me consacrer. Le matin à l'aube, elle fait sa méditation, quoi qu'il arrive. À son retour de l'hôpital, elle se lave de ses soucis de la journée en inspectant la croissance du poivrier, des capucines ou des papayes. « Ma maison et surtout mon jardin sont la source où je puise ma force, nous a-t-elle expliqué. Tant que les promoteurs immobiliers ne réussissent pas à les remplacer par une tour à mille étages ! »

J'ai compris que je plaisais, moi aussi, à tante Premlata le jour où elle m'a invitée à me promener avec elle au jardin. Maintenant, nous nous y retrouvons souvent le soir. Elle me parle de son métier, tout en caressant le tronc lisse du jacaranda ou en ramassant l'une de ses clochettes bleues fanées. À mon tour, je raconte l'école, ou un peu de ma vie au village. La façon dont elle m'écoute, ses yeux noirs remplis de bienveillance, me donne l'impression que ces souvenirs sont des trésors précieux.

En apprenant l'histoire de Meyyan, elle m'a promis de faire des recherches dans les hôpitaux et les centres de santé.

— Lorsque ton père s'est brûlé avec cette huile bouillante, m'a-t-elle déclaré, il a dû passer par l'un d'eux. Le problème est qu'on ne connaît ni la date exacte ni le quartier dans lequel il travaillait... Cela peut prendre du temps, mais nous allons tenir bon, n'est-ce pas?

Finalement, tante Prem s'occupe de moi davantage qu'elle ne l'avait dit. Ensemble, nous écoutons de la musique. Elle a toute une collection de chanteurs classiques, et parmi eux Lalita Ramesh, que j'ai découverte à Madurai. Il n'y a pas si longtemps, j'étais saisie de joie en entendant sa voix s'échapper d'une boutique... Chez tante Prem, il n'y a qu'à placer un CD dans l'appareil.

Avec toutes ces pensées qui s'enchaînent comme les fleurs d'une guirlande, me voilà devant chez moi sans m'en être aperçue! Le portail de tante Prem est le plus brillant de tous, car il vient d'être repeint. Une fois à la maison, je remarque du nouveau dans l'entrée. Un Ganapati est apparu sur la commode, petit frère de celui qu'on vient de dresser sur la place. Le nôtre est en terre crue, réalisé par Preeti ou par l'une de ses filles.

Ici, à Bombay, le dieu porte son nom du Nord : Ganesh, et on honore sa fête avec faste. Chaque jour, la mer d'Arabie engloutira les petites statues apportées par les familles hindoues. Pour couronner le tout, les grandes statues de quartier seront escortées en liesse et en musique sur la plage de Chowpati.

À dîner, devant le délicieux *byriani* que nous a laissé Preeti, je demande à tante Prem quel jour nous irons porter notre nouvel invité à la mer. Tante Prem déchire un *chapati* et le trempe dans la sauce à la menthe.

— Vous irez samedi prochain avec Preeti et sa famille, Murugan et toi. Quant à moi, je serai occupée ailleurs !

Preeti a posé sur la table une jatte pleine de *jilebis*. Les bonbons au sirop sont d'un orange doré : exactement la couleur de ma joie de revoir Murugan.

Chapitre 5

Le mari de Preeti marche en tête vers la plage. Il porte la statue d'argile à hauteur de la poitrine, la montrant et la protégeant tout à la fois. Preeti lui succède, flanquée de ses deux fils, vêtue d'un sari de fête jaune d'or. Je la suis avec ses deux filles. Murugan ferme la marche en frappant un rythme endiablé sur un petit tambour.

Les vagues de la mer d'Arabie sont maintenant à quelques mètres. Sur la plage, se forment et se déforment les crêtes de la tempête créée par les pieds des fidèles. Le mari de Preeti s'agenouille, pose le Ganesh sur le sable où nous le saluons d'une prière. Dépouillé de ses guirlandes de fleurs, le dieu à tête d'éléphant fait son dernier trajet dans les bras du père de famille. Tous deux tournent le dos à la terre, s'éloignant du bord. À l'endroit propice, la statue fait un plongeon dans les vaguelettes et s'enfonce sans retour dans le bain sacré, porteuse de nos vœux secrets.

— Qu'as-tu demandé à Ganapati? chuchote Murugan en m'essuyant une goutte de yaourt sur la joue.

Nous pique-niquons dans un coin à l'écart de l'agitation, parmi les autres familles qui déballent leur nourriture sur la plage. Preeti a distribué ses assiettes de feuilles cousues entre elles. Chacun de nous y dispose un *samosa*, de la purée de cacahuètes, des boulettes de lentilles, un petit pain de semoule frit aux oignons, et du yaourt.

Je souris en regardant mon ami lécher le doigt qu'il vient de poser sur ma joue. Je le retrouve chaque fois comme si nous nous étions quittés la veille. Bien sûr, il a fallu dire adieu aux manières qui ne sont admises qu'entre deux garçons. Fini de se tenir par l'épaule, fini de nager ensemble dans un trou d'eau, fini de rire en se tapant sur les cuisses!

Mais je peux encore le taquiner:

— J'ai fait le vœu de retrouver papa, bien sûr. Et puis j'ai prié pour tous ceux que j'aime. Pour mes parents, mon grand-père, Margaux et Parvati, tante Prem, Preeti et sa famille. J'ai prié aussi pour le fou de Kanyakumari, pour notre ami Sundar et son singe, pour Maina, la cuisinière de l'usurier au village, ah oui, et aussi pour Ponnadiyam le facteur et pour la femme du potier.

Au fil de l'énumération, Murugan, d'abord attentif, change d'expression, surpris de voir que son nom n'apparaît pas.

— Garce, fait-il entre ses dents. Il a suffi de te mettre une jupe pour que tu deviennes une chipie.

— Eh bien, mets-en une, toi aussi, on verra de quoi tu es capable! lui lancé-je en riant.

Mon ami roule des yeux. Pour se donner une contenance, il se penche vers la fille cadette de Preeti et l'aide à tenir la gourde pendant qu'elle boit. Même s'il ne l'avouerait jamais, je vois bien que ma nouvelle apparence le trouble. Avec ma jupe et mon chemisier achetés par tante Prem, et mes tresses attachées par un ruban, j'ai l'air d'une vraie fille de la ville! Je glisse un nouveau *samosa* dans l'assiette de mon ami:

— Et toi, quel vœu as-tu fait?

Le front de Murugan se plisse. Il se mord l'intérieur de la joue, semblant retenir sa réponse. C'est le moment que choisit le mari de Preeti pour lui demander ce qu'il apprend à l'école de percussion. Ensuite, comme nous finissons de manger, Preeti me demande:

— Et toi, ma fille? T'es-tu bien régalée? Alors, tu peux nous récompenser avec un air de ton école!

Je me lève et je commence une ode à Ganesh apprise à l'école Saregama. Preeti lâche ce qu'elle rangeait et ses mains retombent, tranquilles, sur ses genoux. Son mari dodeline de la tête d'un air approbateur. Les enfants, voyant leurs parents attentifs, écoutent aussi tout en creusant des trous dans le sable.

Ma voix s'élève, souple et précise. Murugan cueille d'un geste soigneux le petit tambour à côté de lui. Il dénoue le foulard qui le protège et passe la courroie autour de son épaule. Doucement d'abord, puis plus présent, il accompagne mes variations, les soutenant d'un rythme sans faille à dix temps. Le mari de Preeti, ravi, marque d'un doigt sur son menton chaque premier temps du cycle.

Je termine l'ode apprise à l'école. Murugan rajuste son tambour contre son flanc. Je lui jette un coup d'œil. Il s'agit de passer aux affaires sérieuses. Nous nous élançons dans un chant de fête de notre cru. Murugan me suit dans un cycle à huit temps, puis, quand je change de débit sans crier gare, dans un autre cycle à seize temps, puis à neuf temps. Nos auditeurs doivent s'accrocher pour nous suivre!

Les autres familles en pique-nique ont arrêté leurs conversations et s'approchent. Quand nous avons terminé, une foule claque des mains avec enthousiasme autour de nous. Maintenant que nous sommes devenus une seule grande famille, les enfants partent faire une partie de ballon, tandis que les mères bavardent. Les maris, eux, sont tombés comme des mouches et font la sieste, un bout de serviette sur le visage. Assis sur le sable, Murugan et moi devisons tranquillement en tamoul. Je lui demande :

– Alors, dis-moi ce que tu as souhaité auprès de Ganapati ?

Murugan ne répond pas tout de suite ; la palpitation, sur sa joue, lui donne un air plus âgé. Cessant de faire jouer ses mâchoires, il déclare tout à trac :

– Je lui ai demandé de me faire réussir dans mon entreprise. Je veux quitter l'école des hors-caste et apprendre les percussions à plein temps.

Il arrête d'un geste le « mais ? » qui m'a échappé.

– Isaï, si une personne doit m'écouter, c'est toi, car que m'importent les autres ?

Je contemple mon ami, pensive. Il a dû vivre et penser mille choses dont je n'ai pas la moindre idée, depuis notre séparation. Je lui serre la main, affirmant :

– Ne doute pas de moi, même une seconde. Explique-moi.

Murugan ne supporte pas la discipline et les horaires qu'impose l'école. Il aime apprendre, mais à son rythme, quand il est motivé. Il parle l'hindi depuis qu'il vit à Bombay. Et n'a-t-il pas appris le marathi en un mois avec Rajesh ?

– Qui est Rajesh, demandé-je ?

– C'est un élève de l'école de percussion. Il a seize ans – seulement trois de plus que moi. Il est le meilleur au tambour *mridangam*. C'est lui que le prof a désigné pour nous faire répéter. Il est devenu mon ami, ajoute Murugan ; nous avons un projet qui nous permettra de subvenir à nos besoins.

La jalousie me transperce et je déteste aussitôt ce sentiment. J'objecte faiblement :

– N'est-ce pas se montrer ingrat envers Margaux et Parvati et envers l'école des hors-caste ?

– Et envers qui encore ? C'est ma vie, je sais mieux que personne ce qui me convient, se rebelle Murugan. Je ne veux dépendre que de moi !

Chapitre 6

Les soirs suivants, j'ai du mal à m'endormir. Je fixe dans la pénombre le gecko, mon visiteur du soir ventousé au plafond, et je me fais du souci pour Murugan. Mon ami n'est-il pas sur le point de faire une bêtise? Ce Rajesh est-il quelqu'un de recommandable? Je prie Sarasvati, certaine que la déesse a une sympathie particulière pour mon ami qui se voue, comme moi, à la musique.

Je n'ose pas parler de mon souci à tante Prem. Celle-ci ne connaît pas encore Murugan; cela risquerait de donner de lui une image défavorable. Une personne inattendue me permet de me confier: Samuel Das. Je le retrouve à présent chaque jour dans le bus. Notre relation s'enfonce dans l'intimité à des prodiges de vitesse, même si cela fait seulement une semaine que je l'ai rencontré pour la première fois.

Mon nouvel ami vient du Bengale; outre sa langue natale, le bengali, il en parle douze autres, dont quatre étrangères.

— La polio m'a privé de l'usage de ma jambe à sept ans, m'a-t-il expliqué. Quand on ne peut pas courir partout, on observe; c'est ainsi que je suis devenu détective. N'ai-je pas deviné que tu étais originaire du Tamil Nadu, alors que tu n'as aucun accent quand tu parles l'hindi?

— Comment avez-vous fait, monsieur?

— Appelle-moi «oncle», ma chère. Eh bien, en t'écoutant avec tes amies, j'ai remarqué que tu ne parlais pas comme une enfant de ton âge; que tu n'utilisais pas certaines expressions à la mode. C'est donc que tu venais d'ailleurs. De plus, ton prénom est tamoul, il signifie «musique» dans cette langue.

— Correct, oncle, dis-je en riant. Est-ce que vous écoutez toujours les conversations?

— Oh, je vois ce que vous voulez dire, mademoiselle l'impertinente. Samuel Das est un grossier personnage, Samuel Das écoute aux portes. Mais réfléchissez un peu, cervelle de gobe-mouches: comment appelle-t-on quelqu'un qui écoute aux portes en servant son pays? Quelqu'un dont on admire et dont on redoute la vie secrète?

Je donne ma langue au chat. Oncle Samuel se rengorge:

— Un espion, ma chère. Or qu'est-ce qu'un détective, sinon un espion de moindre envergure?

Comme il finit ces mots, un monsieur à la fine moustache monte à l'arrêt du bus et trébuche sur la canne de Samuel.

— Eh vous, l'infirme, pourriez pas faire attention à pas laisser traîner votre bout de bois! gronde-t-il.

Une femme en sari mauve se lève à demi de son siège, prête à intervenir. Oncle Samuel l'arrête d'un battement de cils qui signifie: «Merci, je n'ai pas besoin d'aide.»

Cependant, comme le grossier personnage se fraye avec difficulté un chemin vers le fond du bus, où il reste quelques sièges libres, oncle Samuel s'écrie de sa voix de basse la plus sonore:

— Place ! Faites place au Protecteur des infirmes ! Que marchent sans entrave ses Pieds de lotus !

Le malotru s'assied dans un éclat de rire général. La dame en sari mauve regarde oncle Samuel avec admiration. Elle lui demande comment il fait pour conserver ainsi sa bonne humeur.

— Mais, noble dame au cœur compatissant, dois-je me transformer en tigre à chaque poignée de boue qui m'arrive dessus ? Heureusement que, depuis toutes ces années, Samuel Das est resté lui-même en dépit des intempéries. En vérité, une émeraude placée au fond d'une poubelle ne perd pas sa précieuse couleur pour autant !

La dame hoche la tête en souriant à cette leçon de philosophie. Samuel Das baisse la voix et ajoute à mon intention :

— Brillons, petite pierre précieuse, brillons d'abord pour nous-mêmes sans attendre l'approbation de quiconque ; personne n'est capable de produire cette lumière, sinon nous.

Il me regarde de son œil vif avant d'achever :

— … Et personne ne peut nous l'enlever, à moins que nous le permettions.

Les paroles du détective résonnent comme s'il savait des choses sur mon destin. Dans des instants comme celui-ci, j'ai l'impression qu'oncle Samuel n'est pas une rencontre ordinaire. Quelqu'un, là-haut, l'a placé sur mon chemin. Quelqu'un qui n'a cessé de veiller sur moi !

Mais peut-être oncle Samuel est-il simplement, comme il le dit lui-même, très observateur. Ainsi, le quatrième jour après l'immersion de notre petit Ganesh, il me lance tout à trac :

— Jeune brin de jasmin, il n'est pas dans mes habitudes de forcer l'intimité des gens. Discrétion avant tout, telle est la qualité numéro un du professionnel.

D'un geste grave, il pose la main sur son cœur :

— J'ai supporté pendant trois jours cette mine chiffonnée, ces petits yeux battus, sans rien dire ; mais aujourd'hui je ne tiens plus ; dites-moi ce qui ne va pas, ou, par Jésus, je tends ma béquille en travers du premier malotru à fleur de nerfs qui monte dans ce bus.

J'apprends à oncle Samuel l'existence de Murugan et ce qu'il représente pour moi. Quand j'ai fini, mon compagnon tapote sa béquille. Il me déclare de sa belle voix de basse :

— Si ce que tu m'as dit de ce jeune homme est vrai, comme je le crois, m'est avis qu'il y a tout lieu de lui faire confiance. Laissons ce jeune faucon prendre son envol au-dessus des terres inondées...

Je n'ai pas l'occasion de lui demander ce qu'il entend par ces paroles énigmatiques. Le bus s'arrête et, au lieu du malotru dont m'a menacée oncle Samuel tout à l'heure, montent Lakchmi et Veena. Leur apparition provoque immanquablement la disparition de mon compagnon dans la foule. Pour une raison qui n'appartient qu'à lui, il me réserve, à moi seule, sa verve et sa bonne humeur.

Chapitre 7

C'est aujourd'hui le dernier jour du festival en l'honneur de Ganesh, où se déroule la procession des grandes statues. Il y a deux jours, Murugan m'a téléphoné à la maison. Il désirait se rendre avec moi à la fête. Tante Premlata a proféré un non catégorique :

– Ces rassemblements de foule sont dangereux, a-t-elle déclaré. Encore le mois dernier, il y a eu cent cinquante morts lors d'une procession au temple de Naina Devi. Il suffit d'une bagarre, d'un tissu qui prend feu à une bougie, et te voilà piétinée par des centaines de gens avant d'avoir eu le temps de dire ouf. Hors de question, a-t-elle répété d'un ton sans réplique.

Le jour de la fête, j'oscille sur la balancelle du jardin avec un album que m'a envoyé Margaux. La docteure est sur une chaise longue avec le dernier livre de Taslima Nasreen, médecin comme elle. On sonne à l'entrée.

– J'y vais, dis-je à tante Prem.

Derrière la porte, je trouve deux beaux garçons sur leur trente et un. Leurs cheveux bien peignés et brillants dégagent une fraîche odeur d'huile de coco. Le plus âgé porte un tambour *mridang* houssé de soie grenat. Quant au plus jeune, c'est Murugan, et il me fait un sourire, découvrant ses magnifiques dents blanches.

Je les invite à me suivre dans le jardin. Tante Prem n'a pas le temps de leur demander ce qu'ils veulent que tous deux plongent en avant et lui touchent les pieds avec respect.

— Je suis Murugan, *memsaheb*, lui déclare Murugan. Et voici mon ami Rajesh. S'il vous plaît, pardonnez-nous de nous présenter ainsi sans vous avoir prévenue.

Posément, tout en bafouillant un peu, Murugan explique à tante Prem la raison de sa visite. Il voudrait qu'elle fasse sa connaissance, et qu'elle sache à quel point il lui est reconnaissant de prendre soin de moi, car mon bien-être lui est aussi cher que celui de sa propre sœur. Si madame la docteure a confiance en lui, peut-être lui permettra-t-elle de partager ce jour sacré avec moi.

Je n'en crois pas mes oreilles. L'assurance de mon ami me souffle ! Je connais assez bien tante Prem pour savoir qu'elle est touchée, même si elle se garde bien de le montrer. Elle interroge les deux garçons sur la façon dont ils comptent se rendre à la fête.

— Nous avons rendez-vous avec un groupe de notre école de percussion. Quatre professeurs nous encadrent. Je vais jouer du *pung manipuri* que vous voyez ici dans sa housse, annonce Rajesh. Vous savez, madame la docteure, Murugan ne va pas jouer, il n'a pas pris de tambour ; il va seulement veiller sur Isaï.

Rajesh est plus à l'aise que Murugan, avec cette confiance de ceux qui ont toujours été aimés et admirés. Mais il est sans vanité aucune et dégage une bonne humeur communicative. Ma jalousie s'est envolée aussitôt qu'il m'a saluée.

Tante Premlata se lève :

— Comment opposer un refus à deux jeunes gens aussi recommandables ? conclut-elle. Je ne vous ferai pas la leçon, puisque toi, Rajesh, tu te rends à cette fête depuis des années. Je ne vous demande qu'une chose : ne mettez pas Isaï trop tard dans un *rickshaw* pour la maison !

Il faut que les garçons aient fait forte impression sur tante Prem pour qu'elle change ainsi d'avis. Nous prenons le *rickshaw* sur la place près du marché. L'imposante statue de Ganesh a déserté sa tente de toile ; le dieu est parti en camion à la fête.

Le *rickshaw* nous arrête le plus près possible du point de rendez-vous avec le groupe de l'école. Il a avancé dans une foule de plus en plus dense, étourdissante de couleurs et de bruit. Rajesh descend le premier. Il lit l'effarement sur nos visages de petits paysans, et notre appréhension d'être noyés dans une foule aussi nombreuse que les étoiles au ciel. Il crie par-dessus le tumulte :

— Allez, mes petites chèvres tamoules, courage, on avance ! Vous ne le regretterez pas, foi de Rajesh ; Bombay va vous offrir son cœur !

Les deux garçons me prennent chacun par une main. Ainsi encadrée et protégée, je sens ma frayeur se dissiper.

Comme par magie, les élèves de l'école surgissent devant nous ; ils sont une quinzaine de garçons et une demi-douzaine de filles, avec leur tambour. En pleine houle, ils allument un bâton d'encens et honorent leurs instruments d'une prière avant de les retirer de leur housse.

La petite procession s'ébranle, se mêlant à la marée humaine qui se dirige vers la plage. Deux professeurs ouvrent la marche et deux la ferment. Les doigts de

Rajesh donnent le tempo du rythme de base que tous adoptent, un par un, scandé à contretemps par des joueurs de tambourin à grelots. Bientôt, les claquements des mains et les roulements des baguettes sont la pulsation du sang qui bat dans mes propres veines.

Je suis une goutte parmi ce flot de gens, femmes, hommes, enfants, riches et mendiants, dévots de Shiva et dévots de Vichnou, ermites drapés de safran…

Nous avançons. Çà et là, au-dessus de la masse des têtes, émerge une statue à la démarche aussi chaloupée qu'un éléphant véritable. Une trompe d'un blanc de lait ou d'un rose éclatant, décorée de verroterie imitant des pierres précieuses, une oreille gigantesque où pendent des guirlandes de fleurs, une énorme patte tenant l'un des attributs du dieu, la hache ou le bol de bonbons remplissent un instant les yeux avant de disparaître, happés par le mouvement de la foule. Une charrette à légumes tonitruante est escortée par un rideau de gens. En guise d'aubergines et de melons, elle transporte des grappes sonores d'instrumentistes.

Sur la plage, la fumée des encens se mêle à celle des flammes de célébration portées par des femmes sur un plat d'argile ; ainsi qu'à celle, plus triviale, des fritures que préparent les marchands ambulants. Des pétards et des jets de poudre rouge jaillissent. Rouge est aussi le pagne des prêtres, rouge la pâte dont on enduit la statue arrivée à destination.

Le bourdonnement des prières, des mantras, la scansion des odes et des percussions montent en crescendo tandis que le troupeau des statues d'éléphant arrive en ordre dispersé sur la plage.

Rajesh est échevelé, le torse éclaboussé de rouge. Les accords battent, claquent et roulent entre ses doigts. Là-bas, les porteurs de Ganesh prennent leur élan et se ruent aussi loin que possible dans l'eau, précipitant leur divin fardeau la tête la première dans les flots.

— Reviens-nous vite! hurle au dieu la foule en pleine exultation. Ma main enfermée dans celle de Murugan est posée sur sa poitrine, à l'endroit du cœur. Nos yeux se rencontrent; nous échangeons un sourire émerveillé.

Chapitre 8

La saison des pluies finit par emporter ce jour de fête, aussi sûrement que la lune décroît à l'horizon, que les moustiques se raréfient et que septembre passe à octobre.

Je n'ai que rarement des nouvelles de Murugan. L'entreprise qu'il monte avec Rajesh absorbe tout son temps libre. Il a quitté le pensionnat ; cette nouvelle, je l'ai apprise par un mail de Margaux. Elle est ma fidèle correspondante. Nous nous écrivons en anglais, parfois plusieurs fois par semaine.

« Non, ma jolie, je ne suis pas contrariée par cette nouvelle, me répond Margaux. Qui suis-je pour juger de ce qui est bon pour toi et pour Murugan ? Je fais confiance à Parvati ou à Mme Charan pour vous guider... »

Murugan n'a pas besoin de guide. Il a trouvé sa route, lui. En vérité, c'est moi qui suis perdue. L'enseignement de MmeRulewala me fait l'effet de quelques gouttes pressées dans mon gosier, alors que seul un fleuve de musique serait capable d'étancher ma soif. J'ai voulu étouffer mon désappointement en découvrant l'enseignement prodigué à l'école Saregama. Je me suis empressée d'enfouir ce sentiment, exactement de la même façon que j'ai recouvert de chiffons le bracelet de maman. Mais aujourd'hui, en voyant Murugan savoir si bien ce qu'il veut, je suis obligée d'admettre que Mme Rulewala a raison. Je suis *à côté* !

Je ne sais pas pour autant où est ma place. Je suis impuissante à la définir, comme je suis impuissante à retrouver mon père, pour qui je suis venue jusqu'ici. Alors je m'hypnotise dans la routine. J'épluche les légumes avec Preeti et, le soir, je mets sagement le couvert avant l'arrivée de tante Prem. Je fais mes devoirs sans différer. Je répète jusqu'à la léthargie avec les autres élèves de Mme Rulewala, des dizaines, des centaines, des dizaines de centaines de fois, des suites de notes compliquées, jusqu'à ce que se produise sans effort le chatoiement de la voix égrenant la mélodie comme un ruban déployé au vent.

Tante Prem m'a dit qu'elle s'inquiète de ne pas me voir plus insouciante. Elle m'a assuré qu'elle est toujours à la recherche de Meyyan, jusqu'ici sans succès. Je me réfugie dans ma chambre. Au début, avoir une pièce pour moi seule m'intimidait ; à présent, elle m'est aussi nécessaire que la gousse pour les graines de l'arbre de pluie. Assise par terre, les yeux fermés, je pense très fort à mon père, espérant voir surgir l'une des visions envoyées par Sarasvati. Mais ma tête reste désespérément vide.

Chapitre 9

— Jésus compatissant, étend ta main sur ce brin de jasmin, murmure Samuel Das.

Je me suis frayé un chemin vers lui dans le bus. Il a remarqué tout de suite mes yeux gonflés.

— Est-ce encore ce vilain garçon qui te cause du souci, ma nièce ?

Je n'ai encore jamais parlé de mon père à oncle Samuel ; je lui confie à mots entrecoupés l'histoire de Meyyan, et la raison de ma venue à Bombay. Mon compagnon m'écoute, attentif, ponctuant les silences de grognements. Il me demande si je ne me rappelle pas un détail supplémentaire. Le nom de la pâtisserie où s'est produit l'accident, le nom d'un quartier de Bombay, peut-être ? Je secoue la tête.

— Ton village s'appelle Yamapuram. De cela on peut être sûr. Le prénom de ton père, Meyyan. Et son nom ? demande oncle Samuel.

— Gounder, Meyyan Gounder, dis-je avec fierté.

— Meyyan Gounder, répète oncle Samuel.

Prononcés par sa voix profonde, ces mots prennent une noble résonance. Je suis envahie de réconfort.

– À bientôt, petit jasmin. Courage et confiance ! me dit le détective, au moment où montent Veena et Lakchmi.

Ce soir-là, quand je rentre de l'école de chant, oncle Samuel n'est pas là pour me tenir compagnie. Il ne prend pas non plus le bus le jour suivant, ni celui d'après, jusqu'à la fin de la semaine. Si frêle que soit cet homme, son absence laisse un énorme vide. J'espère de tout mon cœur qu'il ne lui est rien arrivé de grave…

Pendant le week-end, je m'applique à un exercice de grammaire anglaise quand tante Prem passe la tête à la porte de ma chambre.

– Devine qui vient de me téléphoner ? Samuel Das !

– Oncle Samuel ? demandé-je, ébahie. Comment le connaissez-vous ?

L'œil de tante Prem pétille :

– Ce monsieur est loin d'être un homme ordinaire. Avec mon simple prénom et ce que tu lui avais dit sur mon métier, il m'a retrouvée sur Internet ! Il est d'une délicatesse exquise. Il appelait de peur que tu ne te sois inquiétée de ne pas le voir dans le bus. Il te prévient que tu ne l'y verras pas avant quelques jours, à cause d'une affaire urgente.

Tante Prem s'assoit sur le lit ; ce coup de téléphone l'a mise dans une humeur radieuse. Elle me pose une foule de questions sur Samuel Das, en renchérissant à chacune de mes réponses. Une voix si séduisante, une langue si fleurie, des propos si cultivés !

Le samedi suivant, une grande semaine plus tard, nous sommes ensemble au jardin. Le mois d'octobre est bien entamé ; la température est douce, l'air agréablement sec. Le rosier préféré de tante Prem est couvert de fleurs qui embaument – leurs pétales font de superbes offrandes pour les *pujas*. Installée au milieu du gravier avec ma boîte de feutres, j'ai entrepris de le dessiner.

Quand la sonnette de la maison retentit, mon cœur bat plus vite. J'espère toujours la visite de Murugan!

Tante Prem s'élance pour ouvrir; elle aussi espérait quelqu'un. Une minute plus tard, je vois apparaître oncle Samuel, à son bras. Tous deux ont le même visage heureux et ému. Pendant une seconde, je m'attends à ce qu'ils m'annoncent leur mariage imminent!

– Ma chérie, commence tante Prem...

Elle se tourne sans achever vers oncle Samuel.

– Ne t'ai-je pas dit que Samuel Das était détective? interroge celui-ci de façon plutôt abrupte.

Je les fixe tous les deux en silence.

– J'ai souvent eu pour mission de retrouver quelqu'un de disparu à Bombay, déclare oncle Samuel. On me demande de mettre la main sur une personne dissimulée parmi plus de treize millions d'autres. Cela donne le vertige, n'est-ce pas?

Oncle Samuel s'assoit sur le fauteuil de jardin que lui avance tante Prem. Il sort un grand mouchoir de sa poche, semblable à celui qu'il m'a tendu un jour, et s'en tamponne le front. Puis il se tourne vers nous et déclare:

– Les provinciaux qui viennent travailler dans la capitale économique de l'Inde se regroupent souvent par régions. De cette façon, un nouvel arrivé bénéficie de l'entraide de sa communauté. Cela fonctionne aussi dans l'autre sens: quand un travailleur de Bombay rentre au village, ses voisins le chargent de cadeaux pour leur famille!

Je serre mon feutre si fort que mes jointures deviennent blanches :

— Parlez-vous de papa, oncle ?

Il hoche la tête, ses yeux plongés dans les miens. Je me lève et je cours à lui. Je saisis sa béquille, appuyée contre le bras d'osier, et la lui tends, sans un mot. Tante Prem tente de m'arrêter :

— Attends, ma fille. Ton père n'est pas en pleine santé. Il a été recueilli… il faut que tu saches…

— Papa est vivant ! Emmenez-moi là où il est. Je veux y aller tout de suite.

Tante Prem et oncle Samuel échangent un coup d'œil. Oncle Samuel glisse la béquille sous son bras. Il dit, s'adressant à tante Prem :

— Je crois qu'Isaï est en mesure d'affronter la réalité, madame Charan. Alors allons-y. Ne retardons pas leurs retrouvailles.

Le *rickshaw* longe un bidonville. Ce sont des abris de fortune à perte de vue, des toits de tôle ondulée, des murs en toile de sac ou de palme tressée, semblables à ceux où vivaient les fouilleurs de décharge à Mysore. De temps en temps, le chauffeur à barbe blanche se tourne vers nous, et oncle Samuel lui fait signe de continuer. Assise entre tante Prem et lui, sur la banquette en plastique rouge, j'ai coincé mes index au creux de mes genoux trempés de sueur.

Nous regardons défiler ici un potier, là un travailleur de cuir, là un vendeur de beignets ou un marchand de légumes. Une mère de famille frotte sa vaisselle avec de la cendre ; son mari se brosse les dents et crache dans le feu où est posée la marmite.

Des enfants, noirs de poussière, dorment sur un morceau de journal, sourds aux coups de marteau de leur voisin sur son bidon de métal. Un haut-parleur hurle la musique du dernier film à l'affiche. Devant plusieurs boutiques flotte un petit drapeau noir, en signe de protestation contre la décision municipale de raser le bidonville.

Tante Prem se couvre le visage d'un pan de son sari. Oncle Samuel et moi retenons notre respiration. L'émanation pestilentielle d'une montagne d'ordures nous sou lève le cœur avant même que nous l'ayons atteinte. Un essaim de corbeaux domine le tas, au-dessus d'autres animaux errants. Une vache mâchonne un sac en plastique, au risque de s'étouffer.

La route quitte le bidonville et débouche sur un quartier aux ruelles tortueuses. Les habitations précaires font place à des maisons en ciment, modestes mais qui, comparées aux premières, font figure de palaces. Devant un petit temple, un gigantesque figuier banian abrite des marchandes d'offrandes dans ses racines en alcôve.

— Vous voyez le toit de tuiles là-bas, avec les murs roses ? C'est là que nous allons, indique oncle Samuel au chauffeur.

« Hospice Santa Maria », est-il peint en lettres rouge sombre sur le fronton de la bâtisse. Avant que Bombay commence son expansion galopante, cette belle demeure était sûrement entourée de champs de bananiers et de plantations d'arbres fruitiers. Une famille aisée y vivait, entourée d'une foule de serviteurs !

Tante Prem, oncle Samuel et moi franchissons le porche. Une atmosphère paisible règne à l'intérieur. Trois bâtiments en U, aux murs lézardés, sont pourvus de balcons sur toute leur longueur, ombragés par l'avancée du toit. Des pensionnaires sont en train de bavarder ou de jouer aux échecs.

Une jeune femme vêtue d'un *salwar kamiz* bleu et blanc nous accueille en souriant :

— Monsieur Das, je ne pensais pas vous revoir dès aujourd'hui ! Très honorée de vous rencontrer, madame Charan. Je suis sœur Lucia. Bonjour, ma petite, bienvenue, ajoute-t-elle en me caressant la joue.

La sœur désigne un grand pot de terre vernissé où se dresse un citronnier, devant une porte au rez-de-chaussée du bâtiment :

— C'est là que se trouve la chambre de M. Gounder, dit-elle.

Les trois adultes discutent entre eux. Je n'écoute pas. Mon cœur bat à deux cents à l'heure. Je contemple la cour inondée de soleil entre les bâtiments, les massifs de fleurs, le manguier entouré de ciment, et je pense : « Papa vit ici, il respire le parfum apporté par ces fleurs, il marche sur ce sable, il s'assoit à l'ombre du manguier, il connaît le goût de ces fruits… »

Devant la porte de la chambre de mon père, une branche du citronnier frémit au contact de mon épaule. J'hésite sur le seuil, le temps de m'habituer à la pénombre de la pièce. Les volets de bois, fermés à cause de la chaleur, laissent échapper des rayures dorées, unique décoration des murs. Sur une étagère sont disposés quelques objets et un peu de linge soigneusement plié. Un fauteuil en plastique et un lit de cordes sont les seuls meubles de la pièce. L'occupant des lieux est allongé sur le côté. Il fait la sieste.

Je m'approche lentement. Le visage de Meyyan est tourné vers moi, sa joue droite sur son bras allongé. Le bras gauche, qui repose sur le flanc drapé d'un *lunghi*, fait peine à voir. La peau sombre est soulevée de creux et de bosses, boursouflée de taches blanchâtres.

Je m'accroupis tout près de l'homme endormi. Je contemple ce visage que je n'ai vu qu'une fois, quand je n'étais encore qu'un bébé. Je ne le reconnais pas. Est-ce encore un visage ? Ce que j'ai devant les yeux, c'est plutôt l'affreux accident qui lui est arrivé. Sous l'épaisse crinière de cheveux noirs, la peau est racornie à jamais par les brûlures. Les sourcils ont perdu leur dessin, arrachés par le feu. Le nez a fondu, les paupières sont sans cils. Seule la bouche émerge intacte de ce naufrage. Des lèvres charnues et sincères, tout ce qui reste de la beauté de l'homme qu'a aimé Dayita.

Je frissonne malgré la chaleur. L'angoisse me saisit. Tous mes désirs étaient tendus vers ce moment… Et je n'éprouve pas le bonheur que j'attendais, mais de la frayeur. Cet homme allongé là n'irradie pas ce rayonnement spécial que j'ai si souvent imaginé. Il fait mal à regarder! J'ai envie de courir loin de ce spectacle de supplice. Mais, au lieu de fuir, comme poussée par les épaules, je vais m'asseoir sur le fauteuil en plastique vert. Je ferme les yeux. Je commence à chantonner, très doucement, une berceuse que me chantait Dayita.

Sur le lit de cordes, Meyyan soupire. Lentement, il se redresse. Assis sur son lit, il passe les doigts dans sa chevelure, tire sur son maillot de coton, vérifie l'ajustement de son *lunghi*. Il se tient immobile, écoutant de toutes ses oreilles.

— Isaï, c'est toi, ma fille? finit-il par demander, la voix rauque.

— C'est moi, papa, dis-je.

Sans tourner la tête vers moi, il me dit:

— Tu sais, je viens de faire un rêve. L'aube venait de naître et je marchais vers Yamapuram. J'imaginais la joie que Dayita aurait quand elle me verrait. Une silhouette émerge alors de la rizière, sur le côté de la route. Elle porte un sari d'argent étincelant: c'est une déesse, mais je reconnais ma femme tout de suite. À la main, elle tient notre grande fille, belle comme un bouton de lotus. «Comment la trouves-tu? me dit Dayita. Elle est vouée à Sarasvati, déesse de lumière et de sagesse... »

Mon père tend la joue de mon côté, comme on fait pour mieux écouter :

— N'est-ce pas ce que tu chantais à l'instant? Déesse de lumière et de sagesse?

Je retiens ma respiration, sensible aux harmoniques de cette voix encore nouvelle. Dès que Meyyan a bougé, l'étrangeté de ce corps s'est atténuée. Les gestes dignes et posés de mon père ont relégué ses cicatrices au second plan. L'expression, sur son visage, a rendu à ses traits leur humanité.

Meyyan ouvre les bras. Je glisse de ma chaise. Je me retrouve serrée contre la poitrine de mon père. Mes bras se referment sur le maillot de coton. Il n'y a plus de laideur, plus de crainte. Rien que la sensation d'être appuyée contre des muscles encore solides, enveloppée d'une chaude protection. J'ai quelques semaines seulement ; je suis minuscule dans les bras paternels, bercée par le rythme du cœur puissant qui bat contre ma peau. Une voix tendre murmure à mon oreille :

— Mon tout petit, mon trésor, mon bouton de lotus...

Chapitre 11

Le mois d'octobre tire à sa fin. Quelques jours encore et nous serons en vacances pour une semaine. Ce sera Diwali, ma fête préférée! On y célèbre la victoire du prince Rama sur le démon Ravana. Autrement dit, la victoire de la lumière sur les ténèbres, qui marque le début de l'hiver indien. Toute la ville s'illuminera d'ampoules électriques et de bougies…

À l'école du matin, les professeurs nous lisent cet épisode dans le grand poème du *Ramayana*. En atelier, la professeure d'arts plastiques nous montre comment fabriquer des bougies décorées, et réaliser des dessins de fête à la poudre de couleur, pour le seuil de la maison. Nous avons imaginé des motifs et j'ai été félicitée pour le mien. La prof ne sait pas qu'au village ma mère et moi dessinions un *kolam* chaque matin!

L'après-midi, à l'école de chant, il s'agit d'une tout autre fièvre. Juste avant les congés a lieu l'audition interne à l'école, premier bilan de l'année pour les classes. Une par une, les élèves se produisent devant le jury, composé des professeurs et de la direction. Parmi les trois morceaux que nous devons chanter, il y en a deux imposés et un libre.

Mon nom figure au bas de la liste sur le cahier de Mme Rulewala, et je suis la dernière à passer. Quand vient mon tour, j'ai un choc en entrant dans la salle. Une dizaine d'adultes sont assis derrière des tables de classe disposées en ligne, et me fixent de tous leurs yeux. Mon cœur se met à cogner si fort que ses battements semblent remplir toute la pièce. Mes paumes sont collantes et moites. J'ignore ce qui m'arrive. C'est la première fois que cette peur me vient, alors que j'ai chanté des dizaines de fois devant un public. La différence, c'est qu'alors personne ne venait spécialement pour m'écouter. Si l'endroit ne me convenait pas, je pouvais aller chanter ailleurs. Nous choisissions, avec Murugan, la chanson qui nous semblait la plus appropriée…

Je me ressaisis du mieux que je peux. Les mains jointes, je demande à Sarasvati, puis au jury, la permission de chanter. Je commence la première ode. Malgré mes efforts, un tremblement agite mes jambes et se propage à travers tout mon corps. Il affecte le son de ma voix. Il faut continuer sans y attacher d'importance ; ne pas écouter le son que je produis, mais me concentrer sur mon interprétation.

Au milieu du deuxième morceau, je passe une frontière invisible. Sans m'en apercevoir, je redeviens celle qui chante comme elle respire. En pleine possession de mes moyens, j'introduis le troisième chant sans faire la transition prévue. Parmi les membres du jury, Mme Rulewala sursaute. Ce n'est pas celui que je lui ai indiqué, quand elle a demandé à chacune ce qu'elle avait choisi. À vrai dire, ce n'est pas non plus un morceau que j'ai appris ici, à l'école. J'improvise sur un poème que m'a appris tante Prem, un poème qui s'appelle : « À mon père ». Les parents n'ont pas le droit d'assister à cette audition, malgré le désir qu'en avait Meyyan. C'est ma façon à moi de le rendre présent.

Je m'incline après ma dernière note. En relevant la tête, je croise le visage figé de Mme Rulewala.

– C'est bien, mademoiselle, bonnes fêtes de Diwali, me dit le directeur d'un ton neutre, comme à toutes les autres.

Dans la cour, Veena et Lakchmi m'attendent en compagnie de quelques filles qui s'attardent. Les commentaires vont bon train.

– Alors, me dit Veena, tu as réussi? Qu'est-que Mme Rulewala t'a fait comme signe? Moi, elle m'a souri et, pour Lakchmi, elle a haussé les sourcils, comme ça : Veena me regarde fixement, et lève ses sourcils en un éclair.

Je suis obligée d'avouer n'avoir rien vu sur le visage de la professeure. Les filles se moquent de moi, me reprochant d'être myope, de ne pas avoir bien regardé. Tout le monde le sait dans cette école : Mme Rulewala fait toujours un signe qui trahit son appréciation !

Nous nous dirigeons vers l'arrêt de bus. Je me laisse bercer par le bavardage des deux amies, heureuse que l'audition soit finie. Demain, j'aiderai Preeti à faire briller la maison en l'honneur de la déesse Lakchmi… Je me souviens que je dois acheter de la poudre de couleur pour réaliser mon *kolam* de fête.

– Si le bus arrive, ne m'attendez pas! dis-je à Veena et Lakchmi.

Le marchand de journaux me sourit quand j'entre dans son échoppe bourrée de toutes sortes de choses. Grand-père Dayaram est notre ami; il a trouvé ce qu'il fallait à les générations d'élèves, du crayon noir à l'élastique pour cheveux en passant par la collection de BD *Amar Chitra Katha*, qui racontent les histoires des dieux. «Chaque année mes cahiers sont de plus en plus neufs… par rapport à moi», a-t-il coutume de dire avec un clin d'œil.

Je m'accroupis devant le rayon des couleurs et choisis mes pots. Derrière moi, j'entends la voix de Mme Rulewala. Elle attend au comptoir avec sa collègue Uma, la professeure de la classe des plus jeunes.

— Cette demeurée m'a couverte de honte! vocifère-t-elle à l'intention d'Uma.

— Voyons, tu exagères. Les chants imposés étaient très bons, répond Uma sur un ton conciliant.

— Tu sais très bien de quoi je parle! gémit Mme Rulewala. Je me suis échinée des heures à leur faire répéter la façon exacte dont il fallait moduler les improvisations; et la voilà qui nous sort un motif qui n'existe pas avec des variations de son cru. À l'idée que le directeur suppose que j'aie pu lui apprendre ça, j'ai eu envie de rentrer sous terre.

Je n'ose pas remuer un cil. Dès la première phrase, j'ai su que la professeure parlait de moi. Je supplie le ciel que les deux femmes ne remarquent pas ma présence.

— Écoute, je comprends que cet air étrange t'ait déplu, mais moi, je l'ai apprécié. Il n'y avait pas l'espace d'une fumée d'encens entre cette fille et ce qu'elle chantait; crois-moi, j'aimerais en obtenir autant de mes élèves!

— Monsieur Dayaram? Où est-il passé, ce vieux singe? grommelle Mme Rulewala. Eh bien, moi, j'espère ne plus voir celle-là dans mon cours l'année prochaine. Les dieux m'en préservent!

Elle porte les poings à ses tempes, dans ce geste de conjuration qui me rappelle tante cobra. Elle élève la voix en apercevant le marchand de journaux :

— Ah, vous voilà, tout de même ! Sachez que la meilleure qualité d'un commerçant, c'est l'empressement, l'empressement et encore l'empressement !

— Ne vous fâchez pas, madame la professeure, le voilà, votre journal, j'étais en train de les déballer !

Mme Rulewala tourne les talons, *Le Miroir de Bombay* sous le bras. Lentement, je me relève. Je pose mes pots de poudre sur la planche usée qui sert de comptoir à grand-père Dayaram.

— Cette femme-là, si c'était un éléphant blanc qui lui tendait son journal du bout de la trompe, elle ne le remarquerait même pas, grommelle le marchand. Tout ce qu'elle est capable de voir, c'est qu'elle a attendu cinq minutes !

Il ne remarque pas, lui, la pâleur de mes joues. Elles sont plus décolorées, j'en suis sûre, que le store qui protège ses magazines du soleil…

Chapitre 12

Il est de coutume, le premier jour de Diwali, de nettoyer sa maison de fond en comble. Toute la matinée, j'astique avec Preeti. Je chasse avec énergie les paroles de Mme Rulewala en même temps que la poussière sur les meubles du salon. Je tente d'éliminer l'angoisse de l'avenir aussi radicalement que les taches sur les dalles de terre cuite.

La confection du *kolam* sur le seuil me rend, pour un moment, ma sérénité. Je mets tout mon cœur dans le grand dessin que je médite depuis plusieurs jours. Pendant que je dispose la poudre, reliant les points que j'ai disposés par des lignes et des courbes, il me semble être dans la cour de la maison, au village. Ma mère est penchée sur moi, elle me suggère ici ou là une amélioration. J'entends sa voix douce, et le tintement du bracelet qui se trouve aujourd'hui sur mon bras.

Mais c'est Preeti qui pousse un cri d'admiration devant le dessin terminé. Deux cobras dressés protègent la maison des démons ; des feuillages et des fleurs retiennent les esprits malins sur le seuil et réjouissent l'œil des passants. Enfin, un paon, attribut de Sarasvati, étale sa roue, le bec ouvert, avertissant les habitants de la venue d'un visiteur.

Tout à l'heure, pendant que Preeti et moi serons au temple, les pas de tante Prem fouleront ce présent de Diwali. Toute sa fatigue de l'hôpital s'envolera d'un coup.

Il nous reste un après-midi chargé à la cuisine, à préparer plats et gâteaux de fête. Des enfants en haillons, guidés par l'alléchante odeur, viennent réclamer à la porte de la cuisine. Je remplis leurs gamelles et les contemple qui s'éloignent en sautillant.

Tante Prem, de son côté, a pensé à moi. Elle a commandé un *rickshaw* pour me conduire à l'hospice Santa Maria et que je passe la soirée avec mon père.

Meyyan, lui aussi, a fait un ménage soigneux dans sa chambre. Je remarque tout de suite, en entrant chez lui, les guirlandes d'œillets d'Inde qu'il a accrochées en signe de fête. Il me souhaite la bienvenue et me pose quelques questions sur ma vie chez tante Premlata. Ensuite, il garde le silence en mangeant les gâteaux que je lui ai préparés. Une fois qu'il a terminé et s'est rincé les mains et la bouche, je finis par demander timidement s'il les a trouvés à son goût. Mon père prononce enfin :

— Je n'ai plus de larmes, mon bouton de lotus, sinon elles me seraient montées aux yeux ; parce que, dans ce que j'ai mangé, je reconnais la main de ma bien-aimée Dayita…

Sa voix se brise. Je prends la main de mon père et la pose sur mon visage. Pour le distraire, je lui répète les paroles de grand-père : que je ressemble à sa belle-fille, mais que, pour les yeux, ce sont ceux de son fils.

— Si mon père chéri était encore en vie, nous serions retournés ensemble au village afin qu'il nous bénisse, murmure Meyyan.

La nouvelle de la mort de grand-père lui est parvenue peu après son entrée à l'hospice, par des gens de sa communauté. Pour lui que les événements ont broyé, et qui croyait il y a encore peu de temps avoir perdu tous ses êtres chers, me retrouver a été un grand choc.

Après le déjeuner, mon père et moi faisons une promenade dans l'hospice. J'essaie de sentir ce qui m'entoure avec sa perception d'aveugle. L'allée de frangipaniers sent la crème à la vanille, le sol sablé crisse sous les pieds. Nous nous asseyons sur l'un des bancs qui bordent l'allée et nous nous apprivoisons en évoquant Dayita. Je raconte comment ma mère a défendu mon avenir, bec et ongles ; comment elle m'a enseigné l'hindi et le chant sans jamais se lasser, trouvant de nouvelles inventions chaque fois que nous étions menacées. Meyyan exerce de petites pressions sur ma main qu'il a gardée dans la sienne. C'est sa façon de renchérir.

Il me raconte à son tour sa rencontre avec Dayita. Sa gaieté l'avait impressionné, alors qu'elle était livrée à elle-même, sans famille ni mariage possible, puisqu'elle n'avait pas le sou. Je l'interroge :

— Maman n'avait pas de famille ?

— Elle ne t'en a jamais parlé ? demande mon père.

— Le jour où elle m'a quittée, elle m'a seulement dit que, moi, j'avais une vraie famille, que cela valait mieux que d'être la demi-fille d'un prince.

Le visage de mon père s'assombrit. Je continue malgré tout :

— Ensuite, j'ai entendu tante dire que maman était une hors-caste. Une autre fois, un ami de cousin Selvin a dit le contraire ; il a dit que maman avait l'air d'être de haute caste mais il a ajouté quelque chose de bizarre : que cela devait cacher une origine douteuse.

La main de mon père quitte la mienne. Il serre un poing tremblant de rage. Moi-même, je suis effrayée en pensant à ce qu'il ferait à tante cobra si elle était à sa portée. Il prend une profonde inspiration, et je le vois lutter pour ne pas laisser exploser sa colère. Enfin il me répond en cherchant les mots :

– Je vais te dire ce que ta mère m'a appris sur sa famille. Son père était un prince du Rajasthan. Sa mère au contraire était de basse caste. Pourtant, il semble qu'il l'a aimée, car leur relation a duré longtemps, même si, bien sûr, il n'y a pas eu de mariage entre eux.

Je ne saisis pas.

– Comment un rajah pouvait-il rencontrer une femme de basse caste ? Est-ce que c'était une servante ?

Je perçois le malaise de mon père resté muet. Un soupçon me vient, dans sa crudité :

– C'était… une prostituée, c'est ça ?

Meyyan siffle d'un ton amer :

– Oui, c'est ça ! Voilà comment sont ces princes et ces brahmanes : si farouches de leur supériorité qu'ils préfèrent se priver de nourriture quand un hors-caste la souille de son ombre. Mais, dès qu'ils voient une belle fille de basse caste, leur dégoût disparaît comme par enchantement, qu'ils la forcent dans les champs ou qu'ils la paient au bordel !

Il applique les deux mains sur sa bouche d'un geste vif, comme pour se faire taire. Il me prie de lui pardonner d'avoir parlé de façon aussi crue. Nous restons un instant plongés dans le silence. Mon cœur saigne de la douleur de mon père. Il aimait ma mère profondément, il voulait lui offrir ce qu'il y avait de plus beau… Comme la vie les a cruellement séparés! J'entoure son bras des miens et pose ma tête sur son épaule. Il me caresse les cheveux.

— Ta mère, reprend-il, est née dans la ville de son père le rajah. Mais ta grand-mère maternelle n'a jamais voulu dire à quel endroit du Rajasthan, ni à sa fille ni à moi. Qui sait, tu as peut-être un grand-père et des demi-cousins, là-haut, dans le Nord!

Quand il évoque sa belle-mère, un sourire naît sur le visage de mon père et le rend si lumineux que j'en suis bouleversée.

— Ta grand-mère était l'une des personnes les plus extraordinaires que j'aie connues, me confie-t-il. Si forte et si drôle, avec tout ce qu'elle avait vécu, et malgré la maladie qui a fini par l'emporter! Elle se réjouissait que sa souffrance lui soit utile pour sa prochaine vie. Elle était heureuse que sa fille soit mariée. Chaque fois qu'elle me voyait, elle me traitait comme si j'étais Rama en personne!

Il rêve un instant, revoyant les scènes du passé derrière ses paupières closes. Il me dit:

— Un jour, j'ai demandé à Dayita si elle désirait connaître son père, le rajah. Elle m'a ordonné de ne plus jamais lui en reparler. Quel âne j'étais, hein, de lui poser cette question…

Il se lève et me tend la main. Tous deux nous rentrons dans l'air fraîchi du soir.

Chapitre 13

Cette nuit-là, je reste éveillée. Ce ne sont pas les fusées et les pétarades dans la rue qui m'empêchent de dormir. Ce n'est pas non plus l'idée d'avoir un grand-père rajah qui vit peut-être quelque part. Tout cela est bien abstrait en comparaison des paroles de Mme Rulewala : « J'espère ne plus voir celle-là dans mon cours l'année prochaine. Les dieux m'en préservent ! »

Mon sang se glace à la pensée qu'elle a raison. L'évidence que je ressens lorsque je chante n'a peut-être rien à voir avec l'art véritable ? L'élan qui m'anime, le flot qui jaillit de moi ne font pas de moi une chanteuse professionnelle. Je ne peux pas prétendre à cette carrière. Et alors, je décevrai Margaux, qui croit en moi, Parvati et tante Prem ; et, le plus inacceptable, mon père !

Au moment où je quittais l'hospice, Meyyan m'a enfilé au poignet des bracelets de verre coloré :

— J'aurais aimé t'habiller entièrement de neuf, m'a-t-il dit gravement, comme tout parent devrait pouvoir le faire lors de Diwali. Mais au moins ces bracelets sont le fruit de mon travail et je rends grâce à Lakchmi de pouvoir te les offrir.

À l'hospice, quelques entreprises proposent des travaux de pliage, d'emballage de triage aux pensionnaires capables de travailler. Ainsi mon père gagne-t-il quelques rou-pies. Il ne garde que ce qui lui est strictement nécessaire, car il tient à reverser le reste aux sœurs.

J'ai le cœur serré en faisant tinter mes bracelets. Mon père a dépensé son salaire pour moi, juste au moment où je déçois tous ses espoirs à l'école de chant! Mais je lui ai dit que l'audition s'était bien passée. Pouvais-je lui rapporter les paroles de Mme Rulewala, qui me pèsent si lourdement sur le cœur?

Je finis par m'endormir avec une pensée consolante. Demain, jour des lumières, je me rendrai au temple avec la famille de Preeti pour la grande prière de Diwali. Notre *puja* aura une bonne influence sur le cours des choses.

Il fait déjà grand jour quand j'ouvre les yeux. Tante Prem est partie travailler. Elle a laissé un cadeau pour moi sur la table de la cuisine: une jolie robe pour me rendre au temple habillée de neuf, comme tous les enfants qui fêtent Diwali. Émerveillée, je déplie le tissu soyeux. Il est constellé de minuscules perles et de pastilles qui reflètent la lumière. La délicatesse de tante Prem me submerge de tendresse. Elle ne m'a pas offert la robe hier, signifiant ainsi qu'elle ne prend pas la place de mes parents.

Elle a eu une autre gentille attention. Elle a invité Murugan à passer la journée de demain ici avec moi. Elle-même se rendra à une fête chez ses cousins préférés.

— Ce soir, je rentrerai le plus tôt possible, a-t-elle promis, et nous allumerons les petites lampes de Diwali ensemble. Prépare-nous de bons gâteaux avec Preeti!

Au temple, je prends une décision. Ce soir, je dirai la vérité à tante Premlata, quoi qu'il m'en coûte. Cette résolution m'apaise jusqu'à son retour.

Elle revient avant la tombée du jour. Toutes les deux, nous disposons les dizaines de petites lampes que le jardinier a achetées sur les murets du jardin, sur les rebords des fenêtres et à l'entrée de la maison, et nous les allumons une à une. Les flammes minuscules dansent dans la nuit, affrontant l'obscurité avec courage. Chaque famille a les siennes, éclairant ainsi le retour de Rama, le prince victorieux. Lorsque nous revenons de notre promenade jusqu'au temple du quartier, guidées par des centaines de bougies, je réussis enfin à rapporter à tante Prem les paroles de Mme Rulewala.

Sa réaction n'est pas celle que je redoutais. Elle n'est pas indignée ni effrayée pour mon avenir.

– Peut-être n'es-tu pas faite pour chanter de façon professionnelle, déclare-t-elle avec sérénité. Attendons tout de même le prochain trimestre. Si Mme Rulewala confirme son verdict, nous verrons ensemble dans quel autre domaine tu as de meilleures chances…

Déboussolée, je garde le silence.

Murugan, le lendemain, a un tout autre avis :

– Le démon vous a-t-il dérangé la tête ? La docteure Charan, c'est quelqu'un. Si quiconque lui manquait de respect devant moi, je lui ferais bouffer ses sandales en petits morceaux. Mais, Isaï, sincèrement, qu'est-ce qu'elle y connaît en chant ?

Mon ami scande ces mots la bouche pleine, et son geste véhément envoie des gouttes de sauce à la ronde. Ce matin, nous sommes partis ensemble au marché avec la liste confiée par Preeti. Celle-ci nous a laissé un curry de poisson, accompagné de concombres nains au lait de coco, aux graines de moutarde et aux piments frits.

Nous avons emporté ce festin au jardin et nous le mangeons avec les doigts, assis par terre, comme autrefois sur les routes. Murugan me dévisage :

— Crois-moi, déclare-t-il, ta vie, c'est le chant. Personne ne peut décider de ton karma. Le destin, c'est une affaire entre les dieux et toi.

En mordant dans un piment frit, il demande :

— Où est passé mon ami Meyyan, si hardi et sûr de lui ?

Il m'appelle exprès du nom de mon père, comme au temps où j'étais déguisée en garçon. Avant que je puisse répondre, il continue :

— L'autre jour, à Chowpati, je t'ai taquinée en te disant que tu étais devenue une chipie avec ta robe de fille. Je me trompais. Ce n'est pas la forme du vêtement qui compte. Depuis que tu portes du tissu acheté par Mme Charan et que tu dors sous son toit, tu ne sais plus qui tu es. Est-ce qu'il t'arrive encore de chanter pour le plaisir ?

Je frémis. Mon ami est injuste. Sans Margaux et Parvati, sans tante Prem, je serais peut-être, à l'heure qu'il est, dans une décharge, en train de chercher des bouteilles vides. Pourtant, je sais qu'il a raison.

Murugan cogne une branchette d'arbre contre le plat émaillé de curry et produit des grognements à contre-temps. Il me provoque, l'air narquois. Je n'ai pas le cœur à chanter mais je commence quand même, relevant le défi. Murugan change de rythme. Je me pique au jeu. Petit à petit, le goût, la joie de chanter reviennent, intacts. C'est en moi ! Personne ne peut m'enlever le plaisir de cette source.

Après un crescendo, nous stoppons exactement en même temps. Nous échangeons un sourire complice, comme nous l'avons fait des dizaines de fois dans les mêmes circonstances. Murugan sort un papier de sa poche, et le défroisse du plat de la main.

– Je ne suis pas ton frère… commence-t-il. Il fait allusion à la coutume du dernier jour de Diwali, où les frères ont coutume d'offrir un cadeau à leurs sœurs. Mais comme tu es un pauvre écureuil tombé du nid, il faut bien que quelqu'un s'occupe de toi…

Il me tend une enveloppe rose. Intriguée, je tire la carte qui est à l'intérieur. Elle représente une statue à trois visages.

– Tu as entendu parler de la grotte Elephanta? dit Murugan. J'ai décidé de t'y emmener aujourd'hui. Pour y aller, on part en bateau de la Porte de l'Inde; nous y sommes passés en taxi avec Parvati, tu te rappelles?

Je hoche la tête. La Porte de l'Inde, c'est l'arc de triomphe qui donne sur le port, lieu de flânerie favori des Mumbaikars. Il fait face à un monument presque aussi célèbre, l'hôtel de luxe Le Taj Mahal. Je suis loin de me douter de la surprise qui nous y attend. À notre arrivée en *rickshaw* en début d'après-midi, nous assistons à un événement qui fait sensation. Deux dames descendent d'une limousine aux vitres fumées, à un jet de pierre de nous, alors que nous sommes en train d'admirer la porte de l'hôtel. La plus grande des deux se couvre le visage de son voile de mousseline, suscitant la curiosité des passants. Nous nous avançons dans l'attroupement, dressant l'oreille. Le murmure se propage à travers les badauds: «C'est Lalita Ramesh!» Nous écarquillons les yeux. Les deux dames, suivies de trois messieurs élégants, disparaissent derrière la porte que tient le portier en somptueux turban et livrée à boutons dorés. Nous restons là, stupides, à observer le ballet des employés beaux comme des rajahs.

— Écoute bien ce que je vais te dire, déclare Murugan en m'entraînant vers la mer. Dans quelques années, c'est toi qui entreras au Taj, en soie de Varanasi et couverte de bijoux.

— Et toi, tu suivras en pantalon blanc, coiffé d'un panama et le cigare au bec, dis-je en riant.

Je tape avec bruit dans la main tendue de Murugan. Tant pis pour ma dignité de fille en robe de fête.

En embarquant pour l'île d'Elephanta, je prends la mer pour la première fois de ma vie. Le bateau ressemble à ceux qui faisaient la navette entre celles des grands hommes à Kanyakumari. Murugan m'entraîne à l'étage supérieur. Nous sommes seuls en compagnie d'une rangée de sièges. En vrais petits paysans de Yamapuram, nous jouons à rester debout sur le pont de bois oscillant, balayé de vent. Autour de nous, la mer étend ses champs de vagues à l'infini, bordés par la côte de Konkan. La deuxième plus grande ville de l'Inde s'éloigne, déroulant sous nos yeux ses kilomètres de rives. La façade de l'hôtel Taj, si grandiose, n'est bientôt pas plus grande qu'un timbre-poste.

Chapitre 14

À peine avons-nous posé le pied sur l'île qu'une averse nous souhaite la bienvenue. Nous prenons avec délice un petit train qui parcourt à un rythme d'escargot les quelques mètres vers l'escalier. Nous grimpons, loin devant les autres visiteurs, les marches glissantes qui montent aux grottes. Elles sont bordées de chaque côté par des vendeurs de fritures, de bracelets, de cailloux sculptés, de porte-clés et de tee-shirts. Ils nous hèlent tout au long de notre ascension.

— Voilà ce que c'est d'avoir des habits neufs et propres, me fait remarquer Murugan. À Kanyakumari, les marchands fronçaient le sourcil si nous étions à deux mètres. Et, en deçà, ils prenaient leur fouet à dépoussiérer et l'agitaient, l'air menaçant!

Je renchéris en désignant une famille de macaques sur un *champakam* :

— À Kanyakumari, les singes étaient mieux habillés ; ils n'allaient pas tout nus comme ceux-là !

Nous avons une pensée nostalgique pour Sundar, notre ami montreur de singe. A-t-il retrouvé la vérité, sa compagne poilue? Quel chemin parcourt-il, à l'heure qu'il est? Murugan et moi, quant à nous, sommes parvenus au sommet de l'île. Les escaliers débouchent sur un terrain plat d'où l'on peut voir la forêt luxuriante d'Elephanta dévaler la pente jusqu'à la mer. Couverte d'une mousse vert fluorescent, la roche sombre s'ouvre en une voûte immense. Nous y pénétrons, saisis par la puissance des statues sculptées sur les parois.

Je confie à Murugan :

— Avec les visiteurs, inutile d'y penser, mais je rêverais de chanter ici !

Il hoche la tête, jetant un coup d'œil aux guides qui attendent les touristes de pied ferme. Nous suivons le chemin qui mène aux autres grottes. Elles s'ouvrent dans la roche le long d'une allée bordée par la forêt de l'île. Les voûtes sont plus petites, moins peuplées d'habitants de pierre.

Devant l'une d'elles, la végétation s'écoule goutte à goutte dans un bassin naturel. Nous nous accroupissons, et improvisons un concert aux sons très doux. Quand le dernier s'éteint et que la goutte d'eau reprend ses droits, Murugan me demande si j'aimerais réaliser mon souhait de chanter dans la grande grotte. Je réponds :

— Bien sûr, mais comment cela serait-il possible ?

— J'ai mon idée, répond Murugan.

Nous explorons ensemble le bout du chemin, jusqu'à un muret exposé au soleil. Les rayons déclinants répandent une tiédeur délicieuse. J'ai emporté du jus de papaye, et en propose à Murugan. Mon ami est pris d'une forte envie de ces *samosas* au piment que nous avons vus dans les escaliers. Il me demande de l'attendre et s'éloigne au pas de course.

Restée seule, je sens le bien-être m'envahir. Le soleil fait s'évaporer une goutte de jus sur mon bras. Je songe que mes doutent fondent pareillement devant la confiance affichée par Murugan.

Mon ami revient, les mains pleines de *samosas* brûlants. Pendant que nous nous régalons, il me décrit l'entreprise qu'il a fondée avec Rajesh. Ce dernier en avait l'idée depuis longtemps, et il n'attendait qu'un associé assez motivé pour la réaliser. Il s'agit de mettre en relation ceux qui proposent n'importe quel service avec ceux qui désirent n'importe quel service.

— L'agence s'appelle Shreya, ce qui veut dire «la chance» en sanskrit, dit mon ami. La révolution, c'est que nous mettons en relation aussi bien les riches que les pauvres, les brahmanes que les opprimés, les hindous, les jaïns ou les sikhs que les musulmans, tu comprends? Car nous garantissons l'anonymat. Tous nos contacts sont vérifiés... Pour l'instant, c'est le bouche-à-oreille, et nous aurons bientôt un site Internet.

Je m'ébahis devant les petites annonces que reçoivent Murugan et Rajesh: «Recherche assoiffé pour repêcher ma cruche en cuivre au fond du puits en échange d'eau pure» ; «Journaliste emprunte *burka* à une fille musulmane pour passer inaperçue...»; «Chirurgien cherche chasseurs de mouches pendant ses opérations» ; «Échange la recette de la soupe à la tête de poisson contre les ingrédients» ; «Récupère baleines intactes de parapluies cassés contre guirlandes fanées de *puja*»!

Les yeux de mon ami lancent des éclairs plus chauds que le soleil, lequel s'évanouit derrière les arbres.

— Au début, notre salaire était modeste, mais il augmente sans s'arrêter: chaque semaine, nous avons de nouvelles demandes, poursuit-il. Si tout marche bien, l'agence

Shreya va nous payer nos études et la dot des sœurs de Rajesh : il en a trois à marier, le pauvre ! Ensuite, quand la musique nous permettra de gagner notre vie, nous confierons l'agence à nos employés...

Je propose à Murugan deux contacts intéressants pour son carnet d'adresses : le détective Samuel Das et mon père, qui connaît du monde au bidonville autour de Santa Maria. Le soleil a disparu. Je frissonne sous la brise. Je me lève et dis à regret :

— Il faut que nous retournions au bateau !

Murugan me retient par le bras :

— Tu n'as pas besoin de te presser, dit-il. Il ne repart qu'à midi, demain.

Je m'immobilise, stupéfaite.

— D'ailleurs, continue Murugan, imperturbable, il vaut mieux que les habitants ne nous voient pas, car il n'est pas permis de rester ici la nuit.

— C'est une bl... blague ?

J'en bégaie. Murugan me fait son sourire éclatant. Ne lui ai-je pas dit que je désirais chanter dans la grotte ? Demain, j'y serai avant le soleil. Avant même que les habitants de l'île soient levés ; et, en tout cas, bien avant les touristes. Je n'en crois pas mes oreilles. Indignée, je lui crie :

— Mais... que va dire tante Prem ? Et mon père, s'il l'apprend ? Et l'école, demain ? Tu es fou, cervelle de gobe-mouches !

Quand j'ai fini, les narines encore frémissantes, Murugan répond froidement :

— Cervelle de gobe-mouches n'est pas fou, merci. Mme Charan, tu as un portable pour la prévenir. Tu n'as qu'à lui dire que je me suis trompé d'horaire pour le bateau du retour. C'est moi qui lui parlerai, si tu veux.

Je fouille dans mon petit sac en forme de cœur. Sans un mot, je tends le téléphone portable à Murugan. Je l'entends expliquer à tante Prem, dans un hindi assez correct, que nous avons raté le dernier bateau, mais que nous allons dormir chez une guide très gentille de l'île. Qu'il est mille fois désolé, que tout est sa faute, tant était grande la joie de me revoir et qu'il promet de me ramener personnellement demain à la maison.

Malgré moi, je l'admire. Mon ami est vraiment unique. Quand il raccroche, je lui lance un regard par en dessous, répétant :

— Cervelle de gobe-mouches !

Mon injure sonne comme un mot tendre. Je l'accompagne d'un sourire dont seule une fille a le secret.

Chapitre 15

Je me réveille en sursaut : à quelques mètres de moi, dans la pénombre de l'entrée, une forme accroupie farfouille à grand renfort de bruit de papier froissé. L'un des singes de l'île a déniché un fond de paquet de biscuits jeté par un touriste, et il est venu le déguster ici à l'écart.

Je referme les yeux. Je me retourne sur le lit de branchages et de feuilles disposés par Murugan, contrôlant mes mouvements pour ne pas réveiller mon ami. Il dort d'un sommeil profond, comme en témoigne son souffle régulier.

Hier soir, il a inspecté les lieux ; il a choisi comme chambre à coucher le petit temple près de la grotte principale, à l'ouverture gardée par quatre colonnes. Je me suis allongée dos à la roche, et il m'a fait un rempart de son corps, contre le froid et tous les dangers. Nous avons écouté ensemble monter les bruits de la nuit, comme autrefois quand nous étions deux vagabonds. La crécelle d'insectes invisibles, l'appel d'un crapaud, le vent dans la forêt proche. Une odeur de fumée nous parvenait du village. Nous nous sommes confié les menus détails de notre vie de tous les jours et avons décrit les gens qui nous entourent : Rajesh et ses professeurs de percussion pour Murugan, et pour moi tante Prem, mon père et Samuel

Das. Au moment où nos langues ralentissaient, mon ami m'a fait promettre de ne pas me fâcher. Il m'a avoué qu'il n'avait pas parlé à tante Premlata tout à l'heure, mais dans le vide : le contact ne passe pas sur l'île.

– Ça ne fait rien, ai-je murmuré d'une voix ensommeillée. Je lui expliquerai demain.

Nous nous sommes endormis la main dans la main, sous la protection des ombres sacrées.

Le singe est parti depuis longtemps, mais je ne me suis pas rendormie. Je me sens même très bien réveillée. Un loriot lance son trille, tout proche. Je rouvre les yeux. L'atmosphère a changé. Une faible lueur est en train d'apparaître, annonçant l'aube. Je goûte la paix de ce moment. Personne au monde ne sait que je suis là, dans cette grotte. Je ne devrais même pas y être. Pourtant, sans pouvoir l'expliquer, je me sens à ma juste place, exactement. Je suis une fibre de cet immense sari déployé entre le loriot qui lance son trille et Murugan endormi près de moi. Je suis cette conscience éveillée dans l'Univers !

Je me redresse avec précaution sur la couche de feuilles. Murugan n'a pas bougé. Je prends le chemin que nous avons suivi hier, dans la direction opposée au village. À travers les arbres, je vois briller la mer. La surface miroitante réverbère la lueur de l'aube. Voici là-bas, grande comme mon doigt, la jetée où nous avons accosté hier. Un bateau à moteur s'y dirige ; qui peut bien venir si tôt dans l'île ? Je distingue les lettres « T.M. » sur la coque. À cette distance, le bourdonnement du moteur est aussi faible que celui d'un insecte.

Je fais ma toilette avec la rosée fournie par l'herbe et la mousse. Je me mets en quête d'offrande pour ma *puja*.

Je ne trouve que quelques menues fleurs dans l'herbe. Un arbre m'offre ses gousses pleines de graines luisantes.

J'en parsème la grotte principale devant les figures des divinités. J'honore chacune d'elles de quelques gouttes de rosée aspergées avec une branchette. Les mains jointes, je chante. Ma voix monte, flamme tremblante et timide, attisée progressivement au souffle de ma ferveur. Les figures sacrées, en mouvement éternel dans la pierre, m'écoutent avec bienveillance.

J'oublie le temps. Les détails des visages et des vêtements de pierre se lisent plus nettement dans la lumière. Le soleil est levé. Finissant un dernier hymne, je m'incline et je me détourne. Je reste bouche bée.

À contre-jour, appuyée avec grâce à un pilier, Sarasvati est descendue du ciel pour m'écouter. Elle porte un splendide sari blanc à bordure d'or, dont le pan est ramené sur sa tête. Instinctivement, je cherche à ses pieds le cygne qui l'a amenée. Quand elle s'avance vers moi, je me mets à trembler de tous mes membres. Je tombe à genoux, courbant la tête. Un parfum délicieux m'enveloppe. Deux mains se posent sur mes épaules, une voix me prie gentiment de me relever. J'obéis. Plus morte que vive, j'aperçois en pleine lumière la déesse penchée sur moi. Ce visage, je l'ai vu cent fois sur des affiches et des pochettes de disques. Ce n'est pas celui de Sarasvati, mais celui de Lalita Ramesh.

Chapitre 16

Il était dit que, ce jour-là, l'une des chanteuses les plus renommées de l'Inde devait être éclipsée deux fois par une autre vedette. Quand la porte s'ouvre sur Lalita Ramesh, quelques heures après sa visite sur Elephanta, tante Premlata ne lève pas les yeux sur elle. En revanche, je reçois une claque retentissante :

– Jamais plus tu ne me fais une peur pareille, tu entends ? me crie la docteure.

La chef du service réanimation, admirée à l'hôpital pour son sang-froid, fond en larmes et me serre contre elle. Alors, seulement, son regard passe de Murugan, qu'il foudroie sur place, à la dame qui nous accompagne. Il se fige, ses yeux s'arrondissent de stupeur et tante Prem bredouille :

– Madame Ramesh, n'est-ce pas ?... Pardonnez cette scène, je vous en prie, faites-moi la grâce d'entrer !

Mon père et Samuel Das sont dans le salon. Oncle Samuel est pris de saisissement en voyant apparaître la célèbre chanteuse derrière tante Prem. Il donne tant d'ampleur à son *namasté* que sa béquille tombe à grand fracas. Mme Ramesh, voulant le retenir, le reçoit quasiment dans ses bras. Le trouble d'oncle Samuel est visible quand sa béquille lui est rendue. La chanteuse, attendrie, lui accorde un délicieux sourire.

Pendant quelques instants, tout le monde parle en même temps. Tante Prem, en notre absence, a imaginé les pires éventualités. Lalita Ramesh et Samuel Das s'efforcent de minimiser notre fugue. Quant à mon père, il a l'air un peu perdu.

Une fois les esprits calmés, les règles de l'hospitalité reprennent le dessus. Devant une tasse de thé blanc du Nilgiri, assise sur le plus noble fauteuil du salon, Lalita Ramesh reprend la place privilégiée à laquelle elle est habituée. Tout le monde est suspendu à ses lèvres.

— Il faut que vous sachiez, madame Charan, messieurs, à quel point je suis heureuse d'avoir découvert Isaï. J'espère que cela adoucira l'inquiétude que vous avez ressentie lors de sa petite escapade.

Lalita Ramesh fait une pause. En grande artiste, elle connaît la portée du silence. Ses yeux se reportent sur tante Prem :

— Ma rencontre avec cette jeune fille est un signe que je ne veux pas négliger, dit-elle. Vous vous demandez lequel ? Laissez-moi vous raconter une histoire.

Nouveau silence.

— Il y a quelques mois, reprend posément Lalita Ramesh, j'étais en tournée spéciale en Europe.

Son regard se pose sur Samuel Das, qui baisse les yeux, intimidé.

— Un soir, après l'un des concerts à Londres ou à Paris, peu importe, une demoiselle a fendu la foule pour atteindre ma voiture. Elle me regardait en agitant une enveloppe, avec des yeux...

Lalita Ramesh fixe à présent Murugan, tout en cherchant le bon qualificatif:

— Enfin, comme si sa vie en dépendait. Malgré moi, j'ai baissé la vitre et j'ai pris l'objet – mon imprésario m'a d'ailleurs réprimandée pour cette imprudence.

Lalita avale une gorgée de thé et son discours prend un débit plus soutenu:

— C'était un enregistrement sur CD. En rentrant, je l'ai confié à ma secrétaire et je ne m'en suis plus occupée. Je reçois des dizaines de sollicitations par semaine, vous vous en doutez bien! La première venue qui vocalise sous la douche se prend pour une Castafiore. Quelques jours plus tard, un soir que nous étions à l'hôtel, à Rome…

Elle me regarde d'un air radieux:

— J'étais accoudée à mon balcon, jouissant d'une soirée de repos. La vue depuis l'hôtel César était somptueuse: la pierre blanche des arènes et des ruines antiques rosissait à la lueur rose du couchant. L'air m'apportait des effluves exotiques: romarin, lavande, fleur d'oranger… De mon balcon, j'entends alors monter vers moi un chant d'une beauté surprenante.

Lalita Ramesh repose sa tasse sur la soucoupe dans un tintement musical.

— La voix, bien qu'immature, continue-t-elle, faisait naître une émotion unique. Douce et âpre à la fois… Je cours deux étages plus bas où se trouvait Zakir, mon joueur de *tabla*. Il essayait l'huile d'olive pour cirer sa moustache en écoutant le morceau mystérieux. Je lui demande d'où il le tient: «Je n'en sais rien, il était dans l'appareil à CD portatif de Priyanka», répond-il négligemment.

Lalita rajuste sur l'épaule son sari, dont pas un pli n'est dérangé.

— Priyanka est ma secrétaire, dit-elle d'un ton où perce une pointe d'agacement; ou, plus exactement, *était* ma secrétaire. Nous avons dû nous séparer d'elle. Quoi qu'il en soit, nous n'avons jamais retrouvé le boîtier de ce CD. Je n'ai jamais su à qui appartenait cette voix exceptionnelle.

Lalita Ramesh marque une pause et conclut:

— J'ai pris cela comme un signe. Depuis ce jour, je garde les yeux et les oreilles bien ouverts. Quand j'ai entendu Isaï ce matin dans les grottes, j'ai su que les dieux l'avaient mise sur mon chemin. J'étais venue me ressourcer seule, incognito, à l'aube, sur l'île d'Elephanta, et je suis repartie avec un espoir.

Lalita Ramesh balaie chacun de nous d'un regard solennel. Elle déclare:

— Cette voix m'a été confiée, c'est évident. Je prie donc son père, ici présent, de l'autoriser à faire partie de mes élèves. Mais avant tout, ajoute-t-elle, la décision appartient à cette jeune fille. Isaï, es-tu prête à t'engager, à te livrer corps et âme à ton art?

Ma réponse vibre comme *Om*, le son primordial à l'origine de l'Univers:

— Oui!

Chapitre 17

— Il est l'heure de laisser Isaï. Elle doit être seule à présent. Elle va se chauffer la voix avec quelques *Om* et se recueillir avant le concert.

Lalita Ramesh vient de passer la tête par la porte de la loge, enjoignant à Margaux, Parvati et Murugan de quitter la pièce. Mes amies m'embrassent avec précaution, pour ne pas déranger la coiffure qu'elles viennent de réaliser. Dans mon chignon se balance une guirlande de jasmin piquée de boutons de roses du jardin, tressée avec amour par Preeti. Murugan me fait une grimace et me tend la main pour que je tape dedans. Restée seule, je caresse le vêtement étalé sur le dossier de la chaise avant de l'enfiler.

— Je veux t'offrir une robe en soie pour l'occasion, a déclaré mon père il y a quelques semaines.

Je suis allée le chercher chez lui. Il habite maintenant dans l'appartement au-dessous de chez Samuel Das. Tous deux se partagent les services d'une employée pour la cuisine et le ménage. C'est oncle Samuel qui a proposé cette solution depuis que mon père a retrouvé un vrai travail. Il est permanent de l'entreprise Shreya !

Mon père et moi nous sommes rendus dans le magasin de tissu où tante Prem a coutume d'aller. Le patron a pris les rouleaux que je désignais derrière lui. Il les a étalés sur le comptoir. Meyyan a palpé les soies une par une, prenant son temps. Ses doigts se sont arrêtés sur un rose délicat aux reflets jaunes, semé de broderies d'or. Il a demandé quel était le motif qu'il sentait sous ses doigts.

— Ce sont des conques, a répondu le marchand. Le son qui nous relie aux dieux…

— C'est celui-là qu'il nous faut, a déclaré Meyyan. Qu'en penses-tu, ma fille ?

Je trouvais le tissu plus beau encore depuis qu'il l'avait choisi. Le marchand a haussé les sourcils :

— Vous êtes des connaisseurs, a-t-il dit en souriant.

Mon père et lui ont discuté le prix un moment. Puis le patron a disparu au fond du magasin Il est revenu avec un amour de mousseline, si fine qu'on pourrait la passer dans un anneau.

— Voilà qui conviendra pour le foulard assorti, a-t-il déclaré.

Meyyan a recruté un tailleur recommandé par l'agence Shreya, c'est-à-dire par lui-même. C'est Parvati qui nous a envoyé le modèle, de New Delhi.

Je saisis la robe et l'enfile en ayant soin de ne pas la froisser. Je sors avec tendresse la statuette de Sarasvati de sa pochette, cousue de mes mains dans le même tissu. Je la pose sur la table, devant le miroir. J'allume un bâtonnet d'encens :

— Ô déesse et toi maman qui me voyez en ce moment, soyez à mes côtés. Veillez à ce que je serve la musique avec sincérité ! Grand-père, toi aussi, protège-moi !

Je m'assieds en tailleur et ferme les yeux. C'est le

moment de faire le vide, écartant ainsi tout souci et toute appréhension. Oooommmmm…

Plus d'un an a passé depuis que je fais partie des élèves de Lalita Ramesh. Un an d'efforts, d'exercices continus, de travail sans relâche. Nos journées sont réglées sévèrement. Pas question de musarder, de regarder la télé ou de passer des après-midi dehors comme les autres enfants ! Nos joies sont plus âpres et plus subtiles : ce sont celle de sentir notre instrument se plier à notre volonté et exécuter trémolos, glissandos ou mélismes avec une parfaite fluidité ; celle d'intégrer les rythmes afin que le chant s'y ajuste sans effort ; celle de tilter, au détour d'un exercice, sur un point que notre professeure nous explique en vain depuis des semaines.

J'ai trouvé dans l'enseignement de ma gourou ce qui me manquait à l'école de chant. Elle écoute ma voix sans la juger et, plus encore, elle me fait ouvrir ce qu'elle contient, jour après jour. Son enseignement est riche d'images et d'histoires, comme pouvait l'être celui de ma mère. Elle rappelle la légende associée aux notes. « La première de la gamme est le cri du paon qui voit les nuages noirs annonçant une averse ; la deuxième, le mugissement de la vache à qui on a enlevé son veau ; la troisième est le bêlement de la chèvre, la quatrième le cri du héron… »

Quand elle enseigne un morceau, Lalita Ramesh nous montre la relation entre l'émotion produite par une note et celle d'un moment particulier de la journée. Le RE sombre et méditatif dans la gamme dédiée à l'aube ; le MA paisible comme notre humeur dans la gamme consacrée au coucher du soleil. Notre gourou évoque les histoires classiques de l'Inde afin d'éveiller nos émotions : « Imaginez le désespoir du roi Shantanu qui vient de perdre à tout jamais, et par sa faute, sa belle épouse Ganga ! nous dit-elle. Ce morceau bien exécuté doit nous faire partager un tel sentiment. »

Peu à peu, nous nous imprégnons des nuances. Nous apprenons à les reproduire sans y penser, afin de susciter chez nos auditeurs l'excitation ou la nostalgie, l'émerveillement ou la douleur.

Lalita Ramesh a eu elle aussi son gourou, un grand musicien qui lui a enseigné son art et l'a conduite vers sa propre voix. Depuis sa mort, chaque mois de février, elle donne un concert en son honneur. À ce concert semiprivé, elle invite ses amis et les musiciens avec qui elle a travaillé. Elle a l'habitude de présenter un ou une élève en première partie ; cette année, elle m'a choisie. J'ai encore beaucoup à apprendre, beaucoup à travailler ; le mois prochain, je fêterai seulement mes douze ans ! Mais il n'est jamais trop tôt pour se produire en public. Comme dit Lalita : « Nous ne sommes jamais prêts. Nous faisons partager notre chemin musical, ici et maintenant. »

J'ai osé ajouter une requête à l'honneur qu'elle m'avait fait : je lui ai demandé que Murugan puisse jouer aussi avec moi. Lalita Ramesh nous a écoutés et elle a accepté que nous présentions un morceau ensemble, à condition que Murugan vienne à l'école le répéter avec moi.

Le concert a lieu au bord d'un lac, à quelques kilomètres de Bombay, dans la propriété d'un admirateur de Lalita Ramesh. Amateur de musique et de danse, il a fait construire des gradins de pierre au bord du lac. Un large ponton de bois flottant tient lieu de scène. Le printemps n'a pas commencé ; la température est encore agréable. Le ciel est en train de pâlir, laissant apparaître les premières étoiles d'un ciel sans lune. C'est l'heure où hérons, gobe-mouches et poules d'eau regagnent leurs abris de nuit. Les uns pépient dans les arbres, les autres se dissimulent dans le tapis formé par les jacinthes d'eau.

Les pieds nus du joueur de *tabla* clapotent sur le ponton de bois, m'ouvrant la marche. Nous effleurons tous deux du bout des doigts le tapis installé à notre intention, et nous portons les doigts à notre cœur avant de prendre place. Le parfum des guirlandes de jasmin sur le ponton, mêlé à l'odeur de vase, envahit nos narines. Le public finit de s'ébrouer dans les gradins. Au deuxième rang, sur la droite, un Murugan souriant remue les doigts sur un *mridangam* invisible. Cela veut dire : « Garde-toi bien pour notre morceau tout à l'heure ! » À côté de lui, Margaux et Parvati bavardent. Tante Premlata se tient droite et digne. Samuel Das, penché sur Meyyan, lui parle à l'oreille. Comme je parcours le premier rang, cherchant ma gourou, je tombe sur une paire d'yeux qui me fixent intensément.

C'est un adolescent au beau visage triste. Il doit être d'une famille traditionnelle de brahmanes, si j'en juge par le style de sa *kurta* d'un blanc immaculé. J'ai une impression étrange de souffrance en le regardant. Lalita Ramesh est invisible ; mais des employés allument les flambeaux sur la berge, ce qui est le signal pour commencer à chanter.

J'honore d'un salut le public, remercie ma gourou et notre hôte, invoque la bienveillance de Sarasvati. Je ferme les yeux et inspire profondément. Semblant émerger des eaux, ma voix monte vers le ciel, vacillant trait de lumière, jumeau sonore des flammes des torches. J'expose le premier motif avec lenteur, invitant les auditeurs à entrer dans le morceau que j'ai choisi avec Lalita. Il évoque l'attente, un état de transition, l'espoir que, peut-être, ce qu'on a tellement désiré, que ce soit un événement ou une personne, est sur le point d'arriver.

La foule sur les gradins est d'abord saisie par cette voix inconnue, puis intriguée, curieuse, et enfin parfaitement attentive. Elle devient une seule forme, un cobra oscillant au gré des mouvements de ma flûte. Elle suit la ligne mélodique que je lui sculpte, ondulant, ralentissant, virant et accélérant avec elle. Quand le joueur de *tabla* entre en action, j'ai l'impression d'entendre un soupir d'extase sortir de dizaines de poitrines en même temps.

De ma fenêtre le chemin est désert.
Un reflet de métal entre les feuilles
  trahit l'oiseau arrenga sur le manguier
Chante, merle siffleur, ta tendre plainte,
  compagne de mon cœur immobile !

Je termine ma variation exactement sur le premier des seize temps frappés par le joueur de *tabla*, suivis intérieurement ou marqués par les doigts attentifs des auditeurs sur leur cuisse. Le silence qui suit est chargé d'attente. L'émotion suscitée remplit le public, déjà nostalgique, impatient d'entendre à nouveau ma voix.

Pendant toute la durée de mon chant a flotté devant moi le visage triste de l'inconnu au premier rang. Il a inspiré mon humeur. J'hésite une fraction de seconde avant de changer le programme établi avec Lalita Ramesh. Pour mon deuxième morceau, je chante, au lieu de la louange au crépuscule prévue, un hymne nocturne, empreint de mystère. Mon chant pose une question au destin, confiante en la magie de sa réponse.

La nuit est tombée. Le ciel déploie sur nous son écharpe luxueuse, constellée de paillettes. C'est le moment pour Murugan de prendre la place du joueur de *tabla* sur le ponton, où l'attend déjà son *mridangam*. J'avertis le public que ce dernier morceau est dédié à mes parents. Nous allons improviser avec mon ami sur un poème traditionnel tamoul que ma mère a chanté à leur mariage. Je me recueille un instant, et nous commençons. Dans l'obscurité des gradins, au premier rang, la *kurta* de l'inconnu fait une tache plus claire. À présent, je désire le prendre par la main, l'emmener, ainsi que les autres auditeurs, sur un chemin plus joyeux, vers un soir de fête où les désirs sont simples et légers.

Il nous suffit, à Murugan et à moi, de quelques secondes pour être en parfaite harmonie. Chacun de nous s'appuie sur l'autre et donne le meilleur de lui-même. Nous nous trouvons aussi à l'aise, en face de ce public averti, que nous l'étions avec les badauds de Kanyakumari. Comme alors, je m'amuse à surprendre mon ami, et lui offre mon silence à un moment inattendu Murugan réagit au quart de tour et improvise un solo sans filet, en y mettant tout son cœur. Devenant simple spectatrice, j'enveloppe mon ami d'un regard ébloui. Ses mèches noires volent autour de son visage impassible pendant que ses mains semblent se multiplier sur son *mridangam*. C'est le fils de Shiva lui-même, tel que j'en ai eu la vision le jour où je l'ai rencontré !

Nous reprenons le final ensemble. Les applaudissements crépitent.

Chapitre 18

Les oreilles des auditeurs, ouvertes par nos soins d'élèves débutants, s'épanouissent, ainsi que des fleurs de lotus, au style ardent de ma gourou et savourent son art exquis. En une heure, j'en apprends autant en l'écoutant chanter qu'en un mois d'exercices. Cette soirée restera à tout jamais dans mon cœur.

Nous sommes invités, après le concert, à nous joindre au cercle d'amis de Lalita Ramesh et de notre hôte, sous la véranda de sa propriété.

Murugan et moi sommes entourés et félicités par ceux que nous aimons. Le visage rayonnant de mon père me transporte de joie. Je lui décris les décorations magnifiques de fleurs et les gens autour de nous. Pendant que je goûte aux petits-fours du buffet, oncle Samuel prend le relais. Quant à lui, il a une façon toute spéciale de décrire la réalité :

– Ah, mon frère, vous devriez voir ça : une paire de moustaches aussi épaisse qu'une queue de mangouste. Le propriétaire s'avance vers la divine Lalita. Il porte un costume occidental crème et un turban couleur de mangue mûre ; un sikh important, nul doute. Il s'incline devant elle, les yeux remplis d'étoiles. Je n'entends pas ce qu'il dit, mais ça doit être à peu près «Quelle émotion vous m'avez encore donnée, ce soir, avec votre voix d'or, chère madame!»

Il fait un clin d'œil à mon intention, et ajoute : «Votre génie à repérer les talents nouveaux n'a d'égal que votre art à leur transmettre la foi! Cette petite élève, tout à fait remarquable, vraiment!»

Mon père cherche le bras d'oncle Samuel et lui donne une tape amicale. Le détective est lancé :

– Belle moustache s'en va à regret. Il est remplacé par trois dames, dont une occidentale à la peau boursouflée comme un *chapati*, boudinée dans une robe qui n'en cache pas assez – croyez-moi, vous êtes heureux de ne pas voir ça!

Murugan et moi nous amusons autant que mon père des persiflages d'oncle Samuel :

– Je me demande qui est ce type à l'allure coûteuse et désinvolte, continue-t-il, sarcastique. Il vient d'embrasser le pan libre du sari de Mme Ramesh, et maintenant il essaie de l'hypnotiser de ses yeux de crapaud. Vu son look branché, je vous parie une nuit au Taj Mahal contre un billet de loterie à trois roupies qu'il est directeur musical à Bollywood...

J'avale ma salive. Mon inconnu du premier rang vient de se joindre au groupe entourant ma gourou, et attend son tour pour lui parler.

– Ah! s'exclame Samuel, voici un jeune brahmane de l'âge de Murugan, tout de blanc vêtu, très émouvant.

Murugan intervient :

– Qu'est-ce qu'il a d'émouvant, oncle?

— La rose qu'il tient à la main, répond oncle Samuel du tac au tac. Oh, ça, par exemple !

— Qu'y a-t-il, Samuel ? demande mon père, plongé dans la scène mieux que s'il la voyait.

— Mme Ramesh et le petit brahmane cherchent quelqu'un des yeux dans la foule. Ils parlent d'Isaï, sûr, cette fois je ne te taquine pas, affirme oncle Samuel.

Ma gourou me fait, d'un geste impérieux, signe de la rejoindre. Tante Prem me pousse gentiment :

— Elle va te présenter ; c'est une partie de ton métier qu'il faut apprendre.

— Souris et garde la tête froide ! ajoute oncle Samuel.

Je me fraye un chemin, intimidée, parmi les groupes en train de bavarder. Ma gourou me prend par l'épaule, tandis que l'inconnu et moi nous saluons d'un *namasté* :

— Je te présente Vinay. Son père est le rajah de Ganipur, au Rajasthan. C'est un grand ami et un grand amateur de musique. Il devait être là, ce soir, mais une crise de sciatique l'a forcé à garder la chambre. Vinay a beaucoup apprécié le morceau que tu as joué avec Murugan.

À ma surprise, Vinay ne me dit pas un mot. Il me tend sa rose, s'incline et s'éloigne dans la foule. Lalita Ramesh n'en a pas l'air étonné. Elle me dit en souriant :

— Ton premier hommage, Isaï. Je te souhaite qu'il soit suivi de beaucoup d'autres. Tu nous as fait honneur, ce soir.

Chapitre 19

Quand je rentre deux jours plus tard de l'école de chant, tante Prem, au jardin, m'annonce qu'elle a reçu un coup de téléphone.

– Le rajah de Ganipur a appelé en personne, déclare-t-elle. Il paraît que tu as fait la connaissance de son fils au concert?

J'acquiesce d'un mouvement de tête.

– Ce garçon a dû faire tes louanges et celles de Murugan, car son père vous invite à lui rendre visite à son hôtel où il est cloué à cause d'une sciatique. Un petit concert privé, en quelque sorte!

Tante Prem referme son sécateur:

– Le début de la gloire, dit-elle en souriant. Comme dit Samuel, il faut garder la tête froide!

Je hoche la tête, sérieuse, avant de lui rendre son sourire.

L'hôtel Lord Vichnou, où loge le rajah de Ganipur, est une belle maison coloniale, à la façade d'un blanc défraîchi et aux pilastres mélancoliques. Murugan et moi n'avons pas besoin de nous adresser à la réception. De l'un des fauteuils au cuir fané qui garnissent le hall, Vinay se lève pour nous accueillir.

Même habillé d'un jean et d'un tee-shirt, il garde son air de garçon à part. Son *namasté* est bien cérémonieux. J'ignore les subtilités de la politesse aristocratique ; je suis certaine, en tout cas, que nous ne méritons pas autant de déférence de la part d'un brahmane.

— Suivez-moi, s'il vous plaît, dit-il avant de s'éloigner sur le carrelage de faïence ancienne.

Je me sens pleine d'appréhension ; si un rajah de quinze ans s'adresse à nous de cette façon, à quelles manières doit-on s'attendre de la part de son père ?

Mes craintes s'envolent dès que nous faisons sa connaissance. Cet homme aux traits nobles, marqués par la souffrance des derniers jours, nous accueille avec une grande gentillesse. Il est à demi allongé sur une chaise longue en bambou, en chemise légère et pantalon de coton. Il nous met à l'aise en nous parlant de son admiration pour les chanteurs.

— J'aurais donné deux ou trois vies pour être un nouvel Ustad Amir Khan, conclut-il. Tout ce que je suis capable de produire, ce sont les grincements d'une vieille poulie ou le beuglement de la bufflonne en attente d'être traite !

Nous rions de bon cœur ; nous connaissons ces bruits-là mieux que personne. Heureux de nous voir détendus, le rajah nous prie de lui jouer quelque chose. Il nous écoute les yeux fermés, marquant le rythme de l'index sur le bambou. Il reste silencieux un moment après que nous avons fini. Sans faire aucun commentaire, il nous demande de jouer avec son fils.

— Vinay, que voilà, prendra son sitar. C'est un vrai musicien, lui. Il a choisi cet instrument avant même d'avoir su le tenir !

Vinay n'a pas prononcé un mot depuis notre arrivée dans la pièce. Il s'est assis à contre-jour, dans l'embrasure de la fenêtre ; il n'aurait pas agi autrement s'il avait voulu se faire oublier. Dès que son père parle de jouer, il s'empresse pourtant de quérir son instrument. J'éprouve un élan de sympathie à voir la tendresse avec laquelle il le sort de sa housse.

Le joueur de sitar s'installe sur le sol, face à son père. Ses gestes n'ont plus rien de raide. L'avant-bras s'appuie, avec une grande familiarité, sur le corps rond de la caisse de résonance. Il égrène les notes de la gamme Bhimpalasi. Il joue dans ce mode les notes d'un morceau tout indiqué pour l'atmosphère radieuse d'un milieu d'après-midi. En jouant, il se révèle tout autre ; le garçon taciturne exprime sans fard sa sensibilité. Force, énergie et passion émanent de son jeu, avec un toucher subtil et délicat.

Murugan a sorti son *mridangam* et l'honore d'une prière. Absorbée dans mon écoute, j'ai oublié que nous devions jouer. Vinay tourne la tête vers moi, signifiant que je peux commencer quand je le désire. Je m'assois à ses côtés. Murugan en fait autant. Je ferme un instant les yeux, laissant à mon ami le temps d'installer son tambour sur ses jambes.

Nous commençons. De temps en temps, nous nous jetons un coup d'œil ; dans cet échange, il n'y a plus de place pour la différence de sexe, d'âge ou de classe sociale. Plus rien ne compte que le son ajusté en commun, et le plaisir de le faire exister ensemble.

Murugan et moi découvrons un musicien supérieur, plein d'une science que nous n'avons pas. Vinay a choisi sans faille la note de base dans la bonne tonalité pour ma voix. Plus érudit que nous, il nous précède et nous guide sur des chemins que nous n'avions jamais pris. J'ai soudain la certitude que ce morceau sera suivi de beaucoup d'autres : il ne peut qu'en être ainsi !

La dernière note a fini de résonner. Le rajah applaudit chaleureusement. Il interroge son fils du regard. Celui-ci lui répond d'un battement de paupières.

Le rajah nous déclare :

— Cette invitation en cachait une autre, savez-vous ? Mon fils et moi serions très heureux que vous l'acceptiez.

Il nous apprend que tous les ans, pendant les vacances scolaires, il invite de jeunes talents à Ganipur, pour leur permettre de se connaître et de jouer ensemble. Si Murugan et moi désirons faire partie de leur petit groupe, nous serons les bienvenus. Il est arrivé à Lalita Ramesh d'être son hôte pendant ces périodes. Ainsi, je pourrais interroger ma gourou sur cette « école de l'été »…

Nous levons tous les deux les mains jointes à hauteur du front, en un remerciement sincère. Le rajah remarque le bracelet d'or de Dayita. Il me demande s'il peut l'observer de plus près, en me demandant d'où je le tiens.

— Un beau jonc d'or tout simple, gravé de cœurs enlacés à peine visibles, effacés par l'usure… J'ai vu son jumeau, flambant neuf, chez un bijoutier de ma ville, dit-il d'un ton amusé.

Quant à Vinay, il a retrouvé sa réserve en reposant son instrument. Il descend avec nous jusqu'à la rue, sans se montrer plus bavard qu'au début. Toutefois, alors que nous nous éloignons dans notre *rickshaw*, il nous fait un signe amical de la main.

Chapitre 20

Ce soir-là, je m'allonge par terre, dans le noir, sous le poivrier de tante Prem. Entre les feuilles en forme de goutte, je fixe une étoile. La minuscule lumière clignotante, si lointaine, me relie à la réalité du monde et m'empêche de dériver.

Derrière la porte qui s'ouvre devant moi se dessine un destin aux multiples possibles. De quoi être étourdie quand on revient de si loin. De quoi se perdre !

– Je ne me perdrai pas, murmuré-je à l'étoile. Quoi qu'il arrive, je ne veux oublier ni qui je suis ni d'où je viens !

Il faut autant de force pour affronter le bonheur que l'épreuve ; mais je crois que je possède cette force. Elle m'a été donnée, en même temps que la vie, par l'amour farouche de mes parents. Elle possède aussi une face noire : ma rage. Douce ou amère, cette énergie vibre en moi comme la corde d'un arc. Aussi longtemps qu'elle vibrera, moi et mes semblables nous opposerons aux tantes cobra qui veulent supprimer les filles ; aux Ori Chelhiyan, profiteurs de ceux qui ne possèdent rien, aux MM Chandanam, bien-pensants pour qui la misère est méritée, aux Shoraf et aux Boss, abuseurs d'enfants.

Aussi longtemps qu'elle vibrera, Isaï rencontrera Murugan. Margaux écoutera le chant d'un petit mendiant indien et l'ébouriffée recevra une poupée dans une décharge d'ordures.

Aussi longtemps qu'elle résonnera, les musiciens, sans frontières, partageront et transmettront la beauté...

L'étoile, là-haut, délivre sa réponse :

— Puise la force en toi, Isaï !

Remarque préalable de l'auteure. Histoire de prononciation :

Colonisés par les Anglais, les Indiens ont adopté la graphie anglaise pour transcrire les mots de leurs langues à l'occidentale. Les mots en *u* dans le roman (comme *puja* ou le prénom Murugan) se prononcent donc *ou*.

Toutefois, pour certains mots plus familiers aux Français, il existe parfois une version française du mot, comme « gourou », ou « Vichnou ». Même si, aujourd'hui, on rencontre de plus en plus souvent dans les textes français le mot écrit à l'anglaise : « Vishnu », j'ai choisi de garder la graphie en français.

Ayo ! : exclamation tamoule exprimant une plainte.

Arré ! : expression hindi signifiant « ça alors ! » ou « par exemple ! ».

Arriéré : terme injurieux pour désigner un hors-caste (voir *caste*).

Bang : chanvre indien, cannabis.

Banian ou figuier banian : ses racines aériennes se replantent pour arriver à faire un tronc multiple de très grande taille. Cela en fait un abri privilégié. Arbre sacré, le banian se voit souvent à l'entrée des temples. Il représente le lien entre l'homme et les dieux ; c'est sous un banian que Bouddha reçut l'illumination.

Bétel : feuille d'un poivrier farcie avec de la noix d'arec et parfois d'autres épices, digestif et stimulant.

Bidi : cigarette fine bon marché, roulée à la main, à base de tabac enroulé dans une feuille.

Brahmane : la caste des brahmanes est la caste supérieure du système des castes (voir *caste*). Seuls les brahmanes peuvent être prêtres. En principe, seules les occupations qui correspondent à la pureté de leur rang leur sont permises, comme enseigner ou pratiquer un art. La modernité les pousse aujourd'hui à être aussi commerçants. On trouve parmi eux beaucoup d'artistes ou d'intellectuels.

Bûcher funéraire : dans la religion hindoue, le corps d'un mort est brûlé et non enterré.

Burka : vêtement destiné aux femmes, en usage chez les fondamentalistes musulmans, qui couvre entièrement le corps à l'exception d'une grille pour les yeux, afin qu'aucun homme étranger à la famille ne puisse voir une femme qui se déplace à l'extérieur de chez elle.

Caste : système traditionnel hindou qui divise la société en groupes supérieurs et inférieurs qui sont héréditaires. Les hors-caste, appelés autrefois «intouchables», sont considérés comme impurs par les quatre autres castes À ce titre, ils sont obligés de se consacrer aux métiers du nettoyage ou à ceux qui concernent les corps morts, tels que le travail du cuir ou les crémations (les hindous n'enterrent pas leurs morts mais les brûlent).

Depuis son indépendance, l'Inde n'a pas aboli le système des castes. Elle a seulement condamné l'intouchabilité, devenue illégale, et réserve même des emplois aux hors-caste dans le secteur public. Mais celui-ci est moins important que le secteur privé, dominant. Il y a encore beaucoup d'abus en ce qui concerne les plus défavorisés.

Chapati: galette ronde de blé cuite dans une poêle légèrement bombée.

Chutney ou chatni: sauce aigre-douce servie en accompagnement de mets. Elle est à base de piment vert frais, de toutes sortes de fruits (mangue, noix de coco, citron vert) et de condiments (menthe, coriandre, tamarin, gingembre...)

Crémation: voir *Bûcher funéraire*.

Durian: fruit à la chair savoureuse mais dont l'odeur est désagréablement forte.

Ganapati ou Ganesh: enfant dieu à tête d'éléphant bien-aimé de la religion hindoue, invoqué afin de balayer les obstacles quand on veut réaliser un projet.

Gopuram : tour d'entrée monumentale, en forme de pyramide, d'un temple du sud de l'Inde.

Gourou : professeur qui vous enseigne non seulement sa matière mais à être au plus près de vous-même.

Hindi : langue parlée dans le nord de l'Inde.

Hors-caste : voir caste.

Jai devi ! : que la déesse soit louée !

Kannara ou kannada : langue officielle de l'État du Karnataka.

Karma : dans la religion hindoue, chaque être est responsable de son karma, mot qui signifie «action». Nous pourrions le traduire par «destin», à condition de se rappeler que ce destin se vit à travers plusieurs vies puisque l'hindou croit à la réincarnation. Ce qui nous arrive dans cette vie est la conséquence des actions de nos vies antérieures et notre action présente va influencer nos vies futures.

Kurta : tunique.

Lunghi : rectangle de coton que les hommes du sud de l'Inde se drapent autour de la taille. C'est le vêtement unique des plus pauvres et le vêtement d'intérieur des plus aisés. On le relève à la taille quand on veut se mettre à l'aise.

Malayalam : langue officielle de l'État du Kerala.

Mantra: formule sacrée récitée pour invoquer l'aide des dieux.

Marathi: langue du Maharashtra, l'État de Bombay.

Memsaheb ou sahibah: féminin de **saheb**, terme respectueux employé pour s'adresser à une dame.

Mousson: saison des pluies dans les pays tropicaux.

Mridangam: tambour indien de la famille des **mridang**.

Mumbaikar: habitant de Bombay, Mumbai étant le nom indien pour cette ville.

Namasté ou namaskar: formule de salutation usuelle prononcée les mains jointes devant la poitrine.

Payasam: riz au lait parfumé.

Puja: rituel de prière hindoue où l'on offre au dieu fruits, fleurs, sucreries, pâte de vermillon, beurre clarifié fondu, encens, feu, eau...

Rajah: prince indien.

Ram, ram: salut familier hindou. Rama est un héros de l'Inde antique, très aimé des Indiens, tout comme Hanuman, le dieu singe, qui l'aide dans ses aventures. Les nationalistes hindous l'ont adopté récemment comme emblème de leur cause.

Rakshasa : démon de la mythologie hindoue.

Rickshaw : petit taxi à trois roues, avec ou sans moteur, le plus souvent noir et jaune en Inde.

Saheb ou sahib : terme de respect utilisé du temps de la colonisation pour s'adresser aux Anglais et qui signifie selon les cas : «monsieur», «maître», «seigneur»...

Salwar kamiz : ensemble robe ou tunique plus pantalon, auquel s'ajoute un long foulard disposé de façon à dissimuler la poitrine.

Samosa : beignet triangulaire composé d'une fine pâte de blé qui enrobe une farce faite de légumes ou de viande, de piment et d'épices, notamment la coriandre et le curcuma.

Saregama : en hindi, les notes sont : *sa re ga ma pa dha ni sa.* Cela correspond à notre *do ré mi fa sol la si do,* sauf que ces notes ne sont pas fixées (on peut prendre son *do* où on le veut).
D'autre part, il y a des modèles de gammes qui correspondent à des couleurs de morceaux. Par exemple la couleur de l'aube, appelée *«bhairava»*, méditative (heure de prière), est celle-ci : *do ré bémol mi fa sol la bémol si do.* Un morceau composé avec cette gamme s'appellera *«bhairava»*.

Sitar : instrument classique indien à cordes pincées et à long manche. La déesse Sarasvati est représentée jouant de la *veena,* un instrument de la même famille.

Télougou : langue officielle de l'État d'Andhra Pradesh.

Tamoul ou tamil : de l'État du Tamil Nadu. Langue tamoule.